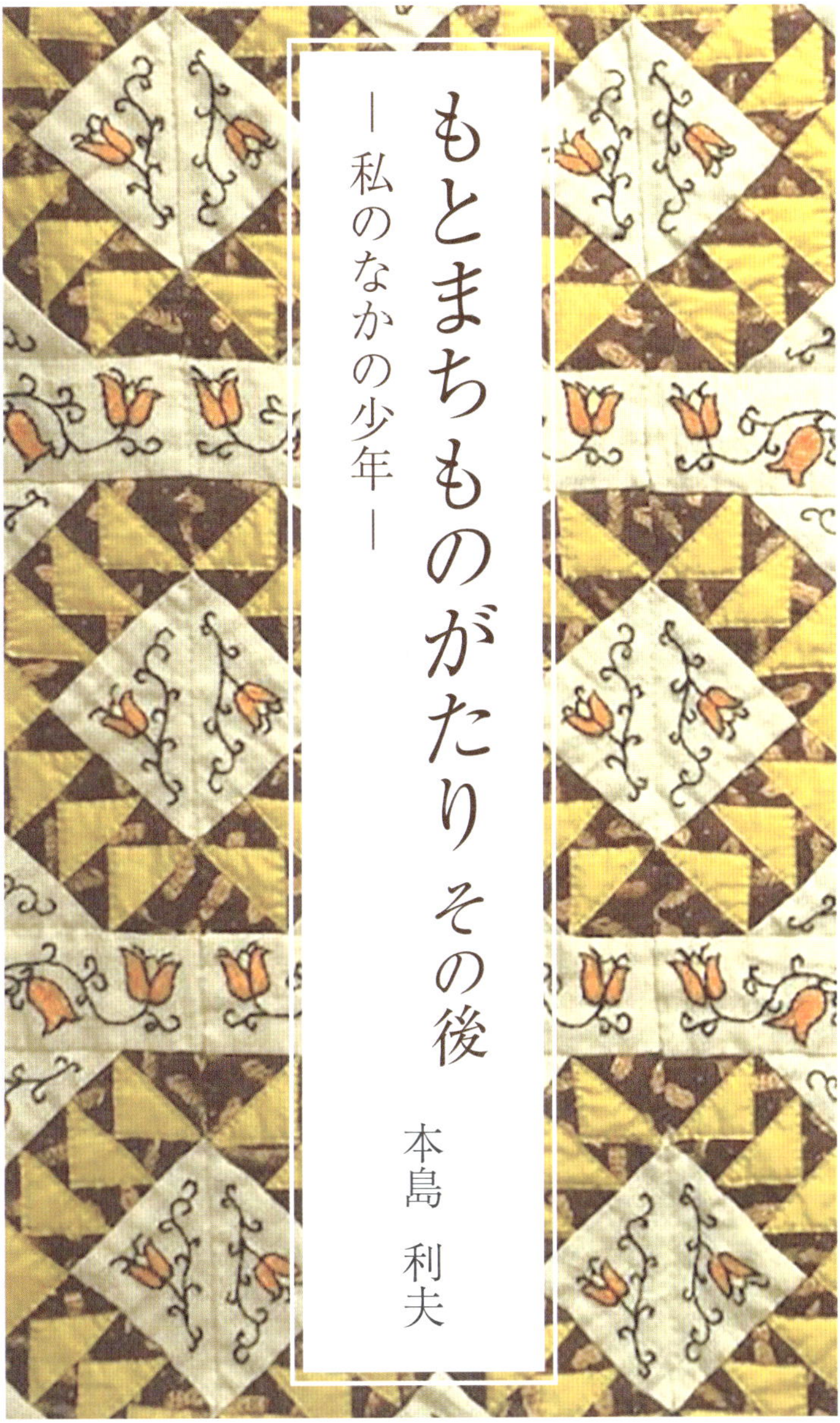

もとまちものがたり　その後

―私のなかの少年―

本島　利夫

もとまちものがたり その後

―私のなかの少年―

本島　利夫

もくじ

I 懐かしき

Ⅱ　言葉・言葉・言葉

Ⅲ　新世界

I　懐かしき

（Charles Lamb「懐かしき古き顔」より）

八月や六日九日十五日

昭和27年度足利市立第一中学校卒業生一同は、今年また全員打ち揃って、古希を祝うこととなった。丑、寅生まれの我々は、もはや豊頬の美少年、美少女とは程遠いが、逢えばたちまちあの頃に立ち戻ってしまう。これこそ同窓会の醍醐味である。まず先生方、それから友人達の思い出を綴ってみたい。

3年1組の担任は荻原八十吉《おぎわらやそきち》先生であった。

担当教科は数学。

「はい、これが『オトトの公式』。」

と大声で言い、黒板に魚の絵を描き、因数分解の公式をやさしく説明してくれた。授業は平明であったが、厳しく気迫に満ちていた。

過日お逢いした時、齢九十八歳におなりになったという。矍鑠《かくしゃく》としてお元気そのものであった。リュックを背負い、腰にウエストバッグを巻き、会場に現れた時は、驚いた。背筋が伸び、ふくよかなお顔で、足元もしっかりしていた。

「長寿の秘訣は何ですか。」と尋ねると、

「なんでもいい。好きなことをコツコツといつまでも続けること。」

とお答えになった。現在は俳句に打ち込む日々であり、句作が元気の源だとおっしゃった。

先生の句といえば、遠い記憶がある。中学三年生の夏、草津温泉で林間学校が開催され、中日に白根山に登った。山頂は歩く幅も狭く、火口側は垂直に切れ落ち、底は真っ青な水を湛えてその水は微動だにしない。あたりに人は無く、あまりの静けさに思わず後ずさりをした。恐怖を越え感動を感じた。
その日の夕食時、食堂で先生は
「白根山で詠める一句。『砂暑し　火口の水は動かずに』」と詠じた。
本当にそうだなと思った。その句は今も心に残っている。

「そう、そう。」と言って、先生はリュックの口を開け、短冊を取り出した。

『八月や六日九日十五日』とあった。

「この句は、ある大きな句会の大賞です。」

凄い句である。６日は広島の原爆、９日は長崎の原爆。その日広島では約14万人、長崎では約７万人の人々が命を落とした。五年後には、原爆のため落命した人は倍増して、広島で25万人、長崎で14万人となった。悲惨というほかはない。15日は終戦の日。いずれも忘れられない日、忘れてはならない日である。

あの15日、私は疎開先にいた。玉音放送の後、子ども同士が囁き合った。

「負けた。男は殺される。女は連れていかれる。」

「子どもは？」

「知るものか。」

これからどうなるのか。あの時の恐怖心は未だに脳裏にこびりついている。あんな思いは二度とごめんだ。

先生のあの句は、人の愚かさへの強い警鐘である。忘れてはならない。先生はその短冊を、我々全員に一葉、一葉手渡してくれた。

一昨年、先生と奥様の句を刻んだ碑をお建てになった。

そこに刻まれた先生の句は
『百千鳥エジプト文字の詩あわれ』
であった。この意味は――。やはり宿題か。

オクラホマ・ミクサー

「そこの二人、きちんと手をつないで。」

「ほら、そこも。早くして。」先生の怒声が飛ぶ。

フォーク・ダンスの練習中の光景である。校庭に生徒が一面に広がり、「オクラホマ・ミクサー」のメロディーが流れている。このフォーク・ダンスではパートナーの男女が二人だけで手をつないで前進する場面がある。時代は昭和二十年代の後半、当時の中学生は男女で手をつないだことなどなかった。だから先生に大声で「やれ」と言われても恥ずかしくてできないのである。

「オクラホマ・ミクサー」では、男子が右手の手のひらを上にして肩の高さに保ち、女子はその上に左手を乗せ、指と指を重ねて前進するのである。ところが、指と指の間には常に数センチの空間ができてしまう。先生はそこを目ざとく見つけ大声で注意する。叱られまいと、女子が手を下げて指を重ねようとすると、その気配で、男子は自分の手を下げてしまう。指と指は決して触れ合うことはなかった。そのため練習中は怒られてばかりいた。だが、校庭は明るく浮き浮きした気分に満ちていた。

指導の中心は3年2組担任の高橋黄未《たかはしおうみ》先生であった。足利市立第一中学校の英語の先生である。英語担当なのに何故フォーク・ダンスにあんなに熱情を込めたのだろうか。聞こうと思っていたがもはや鬼籍に入ってしまい、その機会を失してしまった。先生はなんとお答えになったろうか。

高橋黄未先生は、

「エイ、ビイ、スイ」と発音した。

「エー、ビー、シー」だと思っていた我々には、歯切れのいいバリトンで、綺麗な発音で、とても日本人の発するABCとは思えなかった。

「これが英語か。」初めて耳にする音なので、なんだかくすぐったく、声をこらえて、くすくす笑いをしたが、我慢できず一斉にどっと吹き出してしまった。最初の授業の記憶である。

先生は終戦間際、捕虜収容所に収監されていた。そこでは、食事のたびに缶詰が配給された。食事が唯一の楽しみであったため、みな缶詰に殺到した。だが、先生はいつもゆっくり行って、しかも一番うまい缶を持って帰った。仲間がなぜだと聞いても何も言わなかったそうだ。授業中その答えを教えてくれた。

「缶には、breakfast（朝食）、lunch（昼食）、dinner（夕食）と書いてあった。アメリカでは朝食、昼食は質素、夕食は豪華。だからdinner（夕食）缶を持ってくればいいのさ。」

なるほど英語を知るとはそういうことかと納得した。

初めて生の英語の音を聞く機会を作ってくれたのも先生であった。中学一年の夏休み、近所の寺の本堂に若いGＩを招き、教科書を読んでもらった。それを真似て読んだ。「グッド。」と言われて顔を赤らめた覚えがある。その時の印象はよほど鮮烈だったとみえ彼の名まで覚えている。ホーマー・グリーンといった。

先生の授業は厳しかったが楽しかった。いつの間にか英語に関心を深め、やがて英語教師を一生の生業とした。昨年、英国はシェークスピアの生誕の地、ストラットフォード・アポン・エイボンにある名門女子高校の校長から英語の発音を褒められた。八十歳に程近い私に対する外交辞令かもしれないが、黄末先生の指導のお陰だとも思っている。

黄末先生といえば、やはり一番の思い出は「オクラホマ・ミクサー」である。あの指と指を微妙に重ねた行進だ。指は触れ合っていないのに相手の体温を感じた。パートナーが代わり指先が急に熱くなった時があった。あの人は誰であったろうか。思い返しても甘酸っぱい。

アロハ・オエ

世の中が戦後復興に未だに大わらわであった昭和27年、足利市立第一中学校は栃木県中学校合唱コンクールで優勝した。自由曲は「アロハ・オエ」、課題曲は「たけがり」。指導者は、久保田松三郎《くぼたまつさぶろう》先生。３年３組の担任である。出場生徒は我等三年生で、男女ともほぼ同数の総勢40人程であった。

あの頃、校舎はまだ落成して二年で、どこも明るく綺麗であった。音楽室には、ピアノが据えられ、壁には音楽家の肖像写真がずらりと掲げられていた。髪の毛のもじゃもじゃしたベートーベンや、きれいな鬘《かつら》のハイドンが、黒板の上から我々を見下ろしていた。

生徒は、長机を前に四人掛けの椅子に座って、授業を受けた。一列目に女子が４人座れば、次の列は男子４人というように、男女別、交互になっていた。

中学生はまだ子どもっぽい。授業中時々悪戯をした。合唱で、女性パートを歌うときは、女子が起立。男性パートでは男子だけ、全員のときは、男女共起立した。女子が起立する寸前が悪戯のチャンスである。机を少し前に動かし、机と前の椅子の背との間に女子の髪を挟むのである。机を動かすのが早すぎてはいけない。女子に気付かれてしまう。遅すぎれば挟めない。当時女子の間ではポニーテールが流行っていて挟みやすかったとはいえ、タイミングが難しかった。

男４人の息が合い巧くいくと、女子は立ち上がろうとした瞬間、急に頭を引っ張られるのである。

「痛っ！」

「こら。だれです！」すぐ見つかってしまう。厳しく叱られた後、

「放課後、音楽室に来なさい。」

放課後音楽室では、

「あんなことして女の子の気を引こうとしてもだめよ。男らしさで、引きつけなさい。」

「さあ、罰です。一人ずつ、ドレミハソラシド、はい。」

「はい、あなたと、あなた。いい声よ。放課後毎日残りなさい。」

その後は、来る日も来る日も、「アロハ・オエ」と「たけがり」ばかり、歌わされた。いつの間にか合唱団に入れられてしまったのである。久保田先生は、話し方も独特だが、諭し

方もユニークだった。

いよいよコンクール当日。会場は、県庁前の栃木会館ホールであった。

「さあみんな、強いところは柔らかくよ。弱いところは、たっぷりとね。」

こんな立派な舞台で、こんな広い客席の前で歌うのは初めてであった。あっという間に、合唱は終わってしまった。どんな歌い方をしたのか全く覚えが無い。上がっていたのか、平常だったのかも分からない。舞台を下りると、「よかったよ。お昼食べてらっしゃい。」

「はい。」県庁の中にある食堂に急いだ。ラーメンを満喫して会場に戻った。

ほどなく成績発表である。なかなか呼ばれない。最後に、

「第一位、足利市立第一中学校。」

久保田先生に言われた通り、強いところは柔らかく、弱いところは、たっぷりと歌って優勝したのである。先生はさすがであった。

昭和十二年、十三年生まれの我々丑・寅同級生は学年全員で還暦を祝った。その会では、一組から六組まで、担任の先生をお招きすることができた。会の最後に、久保田先生がピアノに向われた。そして、懐かしい歌を弾き始めた。大合唱となった。

「赤とんぼ」

「月の砂漠」

「われは海の子」

「ふるさと」

「アロハ・オエ」

最後に、「足利一中　校歌」

全員、満ち足りた面持ちで会を閉じた。


それから十年、「丑・寅70の会」と銘打って、古希の学年同窓会を開いた。今回は受け持ちの先生方をお呼びすることができなかった。久保田先生はじめ鬼籍に入った先生多かったのである。会の最後の校歌合唱はテープの伴奏であった。10年前先生のピアノの時ほど盛り上がらなかったのは言うまでもない。

「アロハ・オエ」も「たけがり」も歌われなかった。

心の中で先生に語りかける。でも先生、まだ歌詞をしっかり覚えている者がいましたよ。

足利第一中学校合唱コンクール優勝の思い出は一生心から消えることはありません。

ところで、「アロハ」とは、「こんにちは」「さようなら」「愛してます」などを意味し、「アロハ・オエ」の曲は、いろいろな気持を込めて歌われている。だが、本来は別れ難い人への惜別の情を切々と歌うものであったという。

最後に、心を込めて申し上げます。

「久保田松三郎先生、アロハ・オエ」

サチ先生

藤岡幸《ふじおかさち》先生が足利市の一日市長をお勤めになったと新聞で知った。早速電話でお祝いを述べた。相変わらず若々しい声であった。つい長電話になってしまった。

先生に初めて逢ったのは昭和二十七年で、中学三年生の時であった。そんな昔であるのに、鮮明に覚えている。この年は、新制中学校発足五周年に当たり、市内の中学校で記念式典が開催されていた。私の在籍していた足利市立第一中学校の合唱部は、県下大会で優勝したので、その式典に招待された。ちょうどその折出会ったのである。

記念式典の行われる体育館入り口でのことであった。出番を待つ我々の前に、女性が立っていた。突然こちらを振り向いた。胸元の大きく開いた舞台衣装であった。今まで見たこともない衣装である。くりくり坊主の中学生の目は、吸いつけられてしまった。

「こら、坊やたち！　どこ見てるの。」

大きな声であった。慌てて、目を伏せた。

胸元を見ただけであるが、中学生には極めて強烈であった。あの当時の坊やたちのモラルでは見てはいけないものだった。だのに目が吸いつけられてしまったのである。

「あれは歌姫だな。」下を向いたまま小声で呟き合った。もちろん、どこの誰かは全く知らなかった。


二度目に逢ったのは、入学したばかりの高校の音楽室であった。男子校であるから先生も男ばかりだと思っていたが、入ってきたのは女性であった。服装も化粧も地味なので最初は何も気付かなかった。

「あなたたち。」第一声であった。聞き覚えがある。声の大きさと声音にである。そうだ、あの時の歌姫だ。外見では気が付かなかったが、声で分かった。間違いなくあの時の歌姫である。この教室の「あなたたち」の中にあの時の「坊やたち」がいる。だが、気付かないでくれと冷や汗を覚えながら願った。身の竦《すく》むばかりであった。

かの歌姫は足利高等学校音楽教師藤岡幸先生であった。当時、新入生の芸術の授業は、音楽、美術、書道から選択であった。美術と書道は作品を提出しなくてはならない。音楽ならその必要はあるまい。そんな軽い気持ちで音楽を選んだのである。

かの歌姫である「サチ先生」の授業は厳しかった。音楽の時間と言えば「あー、あー、あー」

の発声練習の後すぐ曲の練習かと思っていたが、全然違う。大半の時間はコーリューブンゲンであった。

コーリューブンゲンは、歌唱のための練習曲で、音符ばかり並んでいて、歌詞はない。先生が一度階名で歌ってくれる。次はピアノ伴奏付で生徒全員。その後すぐ一人で、先生の手拍子だけで歌わされる。これには閉口した。恥をかくまいと通学前トイレの中で予め練習すらしたのである。

授業は厳しかったが、快かった。

「この授業を重ねていけば、声楽日本一、いやもっと高みにすら到達できるのよ。」と言わんばかりの迫力が、小柄な身体全体から溢れていた。授業に緩みはなかった。この雰囲気は好きだった。

後に知ったことだが、「サチ先生」は赫々《かっかく》たる経歴をお持ちであった。武蔵野音楽学校（現武蔵野音楽大学）本科声楽科を主席で卒業し、同学校友会賞を受賞した。その直後、昭和十七年に開催された第十一回毎日音楽コンクール声楽部門において最高位で入賞した。このコンクールは、現在、NHKと毎日新聞共催で「日本音楽コンクール」と名を変え、令和6年時点で93回を数え、楽壇最高の登竜門として知られている。この門を通り活躍している音楽家は枚挙にいとまがない。

先生は文字通りその年の最優秀新人声楽家となったのである。国内はもとより、海外を活躍の舞台にしても不思議ではなかった。だが先生は足利に留まった。

「サチ先生」が世に出た昭和十七年は、わが国は太平洋戦争の最中で暗黒の時代であった。挙国一致で敵に向かい、芸術どころではなかった。「音楽コンクール」もこの直後、外国語ということで、「音楽顕彰」と言い換えられたほどで、外国の歌曲やオペラのアリヤを歌うことは敵性行為と見なされていた。時代は「サチ先生」から活躍の場を奪ったのである。

時を同じゅうして、先生には慶事もあった。

「結婚したのよ。」お相手は、東京帝国大学出の秀才であった。お二人は足利に居を構えた。

「それでは、大恋愛？」

「お見合いよ。」

その後、ご主人は健康を害し、先生は看病に献身した。そして足利に留まった。先生は愛の深い方だと思う。先生とご主人はやはり大恋愛であったに違いない。

先生の授業を受けたのは一年間だけで、二年生になり芸術三部門に漢文が加わると、さっさと漢文を選択してしまった。だが先生の大らかさ、明るさ、温かさを忘れられず、友人と誘い合い何度もお宅にお邪魔した。部屋は、いつも若者で溢れていた。勝手にお茶を入れたり、車座になって声高に話し合ったりした。未来や、夢を語った覚えもある。そして空気は熱気に溢れていた。先生はどこにいたのだろうか。ピアノの傍らで誰かの指導をしていたのかもしれない。

「さあ、あなたたち、時間よ。」その声で頬を紅潮させたまま、帰宅するのである。玄関で見送る先生のお顔には、人柄をそのまま表す柔らかな微笑が浮かんでいた。

年が明け、今年は90歳におなりになるという。電話の声はお元気そのものであった。いつまでも壮健でお過ごしになりますように。

ところで先生、昭和27年の坊やたちのことは、記憶の片隅にも留まっていないでしょう。坊やたちのほうは、「サチ先生」の一番美しい時の姿を決して忘れてはいません。

最後の型紙職人

私の母方には加工屋が多かった。加工屋とは白生地に着物の模様を染め上げるのが仕事である。足利の伝統的な産業の一つである。

この加工屋が華やぐ宵がある。親方が京都から帰った日である。上座に親方が座り、仕事を終えた職人がその前に座る。親方のおかみさんも居る。お手伝いの女性達も集まる。子どもだった私も職人の膝に座った。

「あのう、なんだ。」

口を開くときの親方の口癖である。全員緊張する。次の言葉はなかなか出ない。風呂敷包みを解いている。

「ほら、どうだ。」

まず一枚取り出した。着物の図案である。親方は、自分の所で染め上げる着物の模様の図案を京都で買ってきたのである。

「へえ!」見ているほうが溜息をつく番である。子どもながらに、綺麗だと思うのである。

「あのう、なんだ。これが今度の展示会で三等賞だ。」

親方の話だと、一等賞、二等賞は駄目だ。着こなせる人が少ないからだ。飾りにはいいが、商売にはならない。三等賞とか佳作が丁度いいという。

「型紙屋さん、頼みましたよ。」

「はい。お預かりします。」

型紙屋も控えていたのだ。型紙屋とは、浮世絵でいえば版木を作る彫り師である。そして摺《す》り師にあたるのが加工屋の職人である。どの職人の腕が落ちても出来栄えは良くない。だが、中でも型紙屋の腕は図案を引き立てる。大切な職人なのである。

さて、我々の仲間にも型紙職人はいる。伝統的な手法を未だに守っている。一組の「コーちゃん」である。二代目型紙師である。

今の世は、コンピュータがある。コピー機もある。それにプリンターの精度も上がった。それらの機器を使えば、拡大、縮小、コピーなんでも自在である。コンピュータに命令させればなんでも出来る。型紙だって切ってくれる。だが「コーちゃん」はそれらの機器は使わない。味が落ちるというのである。いい言葉ではないか。

どんな型紙を彫ったのか。

「色々あるさ。」

コーちゃんは答える。江戸褄《えどづま》、絵羽《えば》、着尺《きじゃく》に羽尺《はじゃく》、それに糸染用《いとそめよう》。ネクタイの型紙も彫ったという。懐かしい言葉が次々に飛び出す。だが、ネクタイぐらいしかピンとこない人もいるかもしれない。

図案を見れば、型紙を何枚にするのか瞬時に決まると言う。なぜだろう。

「簡単だよ。図案に使ってある色を数えればいい。一色一枚であるから、十色使ってあれば十枚さ。」図案を見て、何色あるかは我々には見分けられない。だが、熟達の目には、即座に分かるのである。

道具はどうか。

「一口では言えないよ。」手仕事のための道具は、多種多様なのである。

型紙屋の最盛期は、昭和50年代までであった。その後、急激に仕事が減ったという。足利の産業の消長と時を同じゅうしている。現在、コーちゃんと同じように昔ながらの方法で仕事をしている型紙屋は、市内にもうあと一人だけだという。二人とも跡を継ぐべき三代目はいない。

世の中は、先へ先へと進むのがならいである。そうであっても、あれだけの技能と知識は保存せねばなるまい。コーちゃん達のような伝統的型紙作りは人間文化財である。消滅してしまっては寂しい。

皆さん、良い知恵は無いものか。

国の宝を持つ男

わが国は、貴重な文化財が消失したり海外に流失したりせぬよう、これを指定して法律で守っている。このように国に守られた貴重な美術品をいくつも所蔵している寺が足利にもある。西宮の長林寺《ちょうりんじ》である。

ここには、重要文化財の狩野正信《かのうまさのぶ》描く観瀑図、重要美術品である長尾景長《ながおかげなが》、憲長《のりなか》、政長《まさなが》の肖像、笈《きゅう》、銅鐘《どうしょう》、木印《もくいん》等がある。さながら文化財の宝庫である。その上、本堂、開山堂も国登録の重要建造物である。こんな畏《おそ》れ多い寺はあまり類がない。この寺の住職が、我が仲間ショーブン君である。

我々が未だ若丑若寅だった頃抱いた長林寺のイメージは文化財の多い畏れ多いお寺などではなかった。そこは絶好の遊び場であった。

夏こそ渡良瀬川の水浴びで、あまり行かなかったが、秋には、烏瓜が赤く実る頃、あけびを探しに出かけた。冬は池が凍って、スケートができた。

下駄に鎹《かすがい》を打ち付けてスケート靴を作り、夜明けとともに駆けつけ、朝飯前に、駆け戻るのであった。いつも氷は厚いわけではなかった。時には端は凍ってないときもあって。そこに落ちたりした。だが、学校の始まる前にこんな贅沢な遊びが出来たのは長林寺のおかげであった。ショーブン君も一緒に滑ったかどうかは記憶にないが、早朝スケートには中学時代、せっせと通った。

長林寺の入り口に、興国化学の工場が立ち並んでいた。現在のアキレスの前身である。このゴミ捨て場は子ども達にとって、宝の蔵であった。時折防弾ガラスの破片が落ちているのである。これを擦ると甘い匂いがする。あの匂いを忘れた若丑若寅達はいまい。まだ中学生だった頃は、甘味は貴重品であったので、匂いだけでも満喫できれば幸福感に浸れたのである。今思えばあれはガラスではなく有機ガラスなどと呼ばれた「アクリル樹脂」だったのだろう。

ゴミ箱には、ガラスの粉も捨てられていた。この粉が肌に付くと、ちくちくしてたまらない。これを野球部の先輩から、襟首に刷り込まれて、酷い目にあったことがある。今ならいじめと騒がれるだろう。だが、当時こんなことを親に言い付ける子どもはいなかった。長林寺の遠い記憶は、文化財とは全く縁が無かった。

文化財に話を戻そう。

文化財については、脳裏を離れない光景がある。長じて訪れた旅先のアテネ国立博物館でのことである。ここにはシュリーマンが発掘し寄贈したミケーネ王の黄金のマスクがある。美の女神ヴィーナスや海神ポセイドンの像もある。西洋文明発祥の宝物が所狭しと展示されていた。

こんな博物館であるから、世界中から見学者が集まるのは当然である。驚いたのは、館内に地元の幼稚園生が多いことである。制服の幼稚園生、カルガモのようにつながった幼稚園生。まだまだ別のグループがあちこちにいる。

それぞれのグループに、引率の先生と博物館の職員が付き、園児に展示物を一つ一つ丁寧に説明している。今まで見たこともない光景である。いくら熱心に説明してもこんな幼い子どもたちである。理解の程は知れていよう。

しかし、「私達の国にはこんな素晴しい宝物があるのですよ。」と大人が真剣に話してやれば、「僕達の国はすごいな。」と実感するであろう。やがて、それが自国に対する誇りにつながる。そして幼いうちから国を愛する気持ちが育つ。文明の発祥の地であるこの国はさすがだなと感銘を受けた。

残念ながら、わが国にはこういう光景はない。

そこでショーブン君、足利一中生には、少なくとも在学中に一度、長林寺の宝の前に座らせて、じっくりとその意味を語ってやってもらいたい。

その話を聞いた中学生が親になり、その子がまた一中生になり長林寺の宝を見る。そして「長林寺の宝はね…」と親子二人は語り合う。いい光景ではないか。こういう姿が見られるところをのみ、美しい国と呼び得よう。想像するだけで欣快《きんかい》この上ない。

皆さん、まずはショーブン君の文化財談義に耳を傾けようではないか。

あのキンちゃんをご存知か

足利市立第一中学校には、西小学校の卒業生全員と柳原小の一部が進学する。キンちゃんを初めて見たのは一中入学数日前、関口書店の辺りだった。柳原小のグループの中に居た。学帽のつばが少し長い。快活にしゃべり、大声で笑っていた。あの男がリーダーに違いない。西小のグループは道の反対側で、そう観察した。

入学すると同じクラスに彼はいた。遠慮会釈なしに誰にでも話す。時に、その遠慮のなさで緊張の高まることがある。だが感情が爆発する直前で、にこっと笑う。するとその場の空気がすっと和む。不思議な魅力を持つ男である。

その後、古希に至るまで、キンちゃんとの交友は続いている。

あのキンちゃんが社長になった。百二十余年の歴史を持つ機械製作所の社長になったのである。

従業員に対する社長第一声を訊いてみた。「俺を見ていれば分かるだろう。『明るく元気に生き生きと』さ。」と笑っている。

「それだけか?」

「技術力の高い会社。」

当時はまだバブルの最中であった。世は事業拡大、大量生産の時代であった。

「俺は違う。少量生産でいい。俺のところでなくては出来ないものを目指す。」

そう社員の前で言ったという。堂々たる物作り宣言である。


ところで、初代社長であるキンちゃんのお祖父さんは、明治も初期の物作り職人であった。ある日、足利市内の織物工場で、フランスから輸入されたばかりのジャガード織機を見た。その瞬間魅せられてしまった。日本ではまだ作られていない。自分でこの織機を作ろうと思いこんだのである。来る日も来る日も全身全霊を込めて、ジャガード織機に目を凝らした。帰ると、試作に没頭した。だがうまくいかない。

設計図を見たい。だがそんなことは不可能だ。分解すれば疑問は氷解する。だがあんな貴重な織機を分解などもっての外だ。どうすればいいのか。完全に行き詰まってしまった。でも諦めきれない。

もんもんとしながらも試作を続けた。心身ともに憔悴してしまった。家人も見ていられなくなった。時は明治である。こんな時は神仏にお願いするしかない。夫婦揃って社に詣でた。その夜、就寝中、夢に貴重なヒントが浮かんだ。同時に、白狐の姿を見た。そしてジャガード織機を独力で完成させたという。

人は、考えに考え抜くとふと答えが見付かることがある。キンちゃんの御祖父はそうは思わなかった。神仏の加護のお蔭と社に深く感謝した。その社を足利を一望の下におさめる両崖山に分祀した。

さて、御祖父が執念で完成した織機は「石井式ジャガード織機」と命名し、直ちに生産、販売を開始した。ここに石井機械製作所が誕生したのである。この織機の生産は実に昭和三十年代まで続いた。正に石井機械製作所の礎である。

二代目社長のキンちゃんの父上も、物作りの心意気を引き継いだ。

キンちゃんの「俺のところでなくては出来ないもの」というあの言葉も、先代社長方の気持ちを色濃く継承したものであった。

現在のキンちゃんは、家業に留まることなく、幅広く活動している。「5S運動」を企業、学校に奨励しているのもその一端である。医師と同行し、高校生を引率し海外のスラムで奉仕活動をも行っている。生徒がその地で目にする有様《ありさま》は想像に絶するもので、誰もが人生観を一変するという。これこそ真の教育である。

キンちゃんの人柄はといえば、豪放磊落《ごうほうらいらく》な外見のため、行動力のみ目に付く。だが内面は極めて慎重だ。ゴルフをすればすぐ分かる。この慎重さに裏打ちされた判断力こそ、キンちゃんの持ち味であり、社長にとって必須の資質である。

さて、古希は通過点である。まだまだ地場産業振興、足利市発展のため活躍することができる。我々もまだまだ頑張ろうではないか。

哀哀《あいあい》たり、テナーの声

メーシン君から封書が届いた。最近はダイレクトメールを除くと、封書はめったに来ない。だいたい葉書である。だが、メーシン君は律儀にもいつも封書でよこす。

音楽会の案内が同封されていた。メーシン君の属する合唱団が近々演奏会を開くという。私信の中に、奥さんを想い三回忌にフォーレのレクイエムを地元の合唱団で歌ったと書かれていた。

そうだ、メーシン君は、奥さんを亡くしたのだ。あれからもう十年になる。

あの日、奥さんはいつもの通りメーシン君を自宅から最寄駅まで送っていった。その帰り道、急に気持ちが悪くなった。知人の家に、立ち寄った。そこで意識を失い、そのまま帰らぬ人となってしまったのである。

通夜の日、足利の友人と連れ立って、横浜のお宅まで駆けつけた。厳寒の日であった。

「突然すぎたよ。」メーシン君が呻《うめ》いた。あの年の夏、ご夫婦はイタリアに旅をした。年の暮れに、ふと思い立って、旅先の写真の整理を始めたという。終わってまだ日も経っていないのに、奥さんは逝ってしまった。そのアルバムを開いてくれた。ローマの遺跡を背にして、奥さんとメーシン君が笑顔で肩を組んでいる。メーシン君の几帳面な文字でコメントも添えてあった。

「今まで、自分でアルバムの整理などしたことなどなかったのに。終えたと思ったら、こんなことになってしまい…。急すぎだよ。」

我々は、言葉もなくアルバムを閉じた。

メーシン君は、奥さんの元気な姿しか知らない。病んだ奥さんを見ていない。それなのに、奥さんは何の前触れもなく、突然逝ってしまった。メーシン君の痛恨の思いは察しても余りある。人生は、いつ奈落の底に引き摺り下ろされるか分からない。つくづくそう感じた。

手紙には、三回忌に加え、七回忌にもフォーレのレクイエムを歌ったと書いてある。そして心の癒《いえ》を強く感じたという。レクイエムとは、鎮魂曲と訳される。ミサ曲で、死者の魂が天国に迎え入れられるよう神に祈るものである。メーシン君は大切な人である奥さんを念頭において心を込めて歌ったに違いない。

メーシン君が合唱団に参加したことは前に聞いていた。だが、歌うことが、メーシン君の心に癒しとして働きかけていたとは、初めて知った。

七回忌は大学ＯＢ合唱団であった。この合唱団はフォーレの「レクイエム」をレパートリーに持ち、南仏プロバンスに遠征し緑の美しい山村の教会を回って歌った。行く先々では、老人たちがメーシン君たちの合唱に涙を浮べて聞き入ってくれたという。

メーシン君たちの合唱団は日本有数の田中信昭《たなかのぶあき》先生の指導を受けている。

「音楽とは、自分で作るもの。作る人が自分の人生経験を通して取り組むもの。」先生の持論である。

「巧く歌おうと思うな。70年の人生を込めて歌え。」と教えているのである。

南仏の寒村の老人たちが、メーシン君たちの合唱に涙したのは、フォーレの曲の持つ力ももちろんあろうが、70年の人生を込めて歌う姿が、聞く人たちの心に直に触れたからであろう。聴くもの、歌うものが共感し合う中で、互いの悲しみ苦しみが昇華して、心の平安に達したからであろう。

メーシン君は、最近の心境を次のように述べている。

「教会のミサへの参列は、一人暮らしの一週間に欠かせぬものとなりました。」

メーシン君は教会で歌うことで、亡き奥さんと心を共にし、安らぎの時間を得ているのかもしれない。

今年古希を迎えるということは、この世に生を受けてより70年が経過したことになる。まだまだ若い気でいるので、あっという間のようにも思える。だが、思い返してみると、悲しみ、苦しみ、喜びの記憶は数限りない。やはり70年は長い時間である。

われらのイージス

「『亡国のイージス』を観たかい。」

「いや、まだ。」

「あの映画を観なければ未来は語れない。」

シンちゃんからの電話である。

「俺は涙が出たよ。」シンちゃんは熱を込めて話している。しかし、何に彼が感動したのか映画を観ていないので見当がつかない。話は噛み合わないまま電話は終わった。


シンちゃんとは、中学からの友達である。電気をいじると器用な男であった。中学生になると、もはや、凧や鳥籠、模型飛行機作りは卒業で、鉱石ラジオ作りが流行り出す。簡単なキットを買ってきて、組み立てるのだが、これが案外上手くいかない。ガーガーいうばかりで音が出ないのである。ところが、シンちゃんの手にかかると、はっきり聞こえて、ラジオとして立派に役立つようになってしまう。その腕前には一目置かずにはいられなかった。

話術も巧みであった。話題が中学生にしては新鮮で幅広く、話の運びが意表をつくのである。

「へえ。」「ほんとか。」と相槌を打っているうちに話に巻き込まれてしまうのであった。いつも愉快であった。

長じて、シンちゃんはレーダーの技術者としての道を歩んだ。若い頃は、港に停泊中の船舶のレーダーの修理などが、活躍の場所であった。

その頃のことは今でも夢に見るという。

外国船の無線機の修理に出かけたが、なかなか直らない。翌朝早くシンガポールに出航なのに、まだ直らない。やっと修理完了し顔を上げると、朝日が昇りかけていた。急いで下船し、徹夜の疲れも忘れ、船が離れるのを眺め力一杯身体を伸ばしたところで、目が覚める。若さに任せて目一杯働いていた頃の夢である。

三十五歳になり、友人と共に会社を起こした。順調に成長し、従業員数百人を抱えるまでになった。この間手掛けたものは、いずれも時代の先端を行くＩＴ製品であった。

だが、人の世は常に順風満帆とはいかない。好事魔多しの言葉通り、六十歳の時シンちゃんは難病に襲われた。特別病室に入れられ面会謝絶となった。

見舞いに行ったメーシン君が
「早く見舞いに行ったほうがいいよ。」と電話してきた。病室には入れず、小窓から覗いてそう思ったという。急を告げる雰囲気であった。

その数日後、今度はシンちゃん本人から電話があった。

「今、特別病室でさ、ベッドから降りられないけど電話は出来るんだ。」

退屈しているからと長電話であった。マスクでもしているかのようなくぐもり声であったが、話し振りは相変わらず明るく快活だ。あるいは、そう装っていたのかもしれない。だが、メーシン君の話から受けた印象とはだいぶ違う。

また電話があった。「まだ、あの病室だけどさ。」と前置きして、病院近くの店の福引で福島の温泉宿泊券が当たったので、退院したら夫婦二人で、自分で車を運転して、その温泉に行き、帰りに鬼怒川温泉を経由して佐野を回り、横浜の家まで帰りたいと言うのである。そして付け加えた。

「だからさ、日光あたりでステーキの旨い店と佐野ラーメンの名店を教えてくれよ。」

これは元気の時でも、大ドライブである。まだ一歩も特別病室から出られず、退院の目途など全く立っていないのに、何を考えているのだろう。能天気過ぎる。シンちゃんどうかしたのか。不安さえよぎった。だが、思い直してみると、前向きな考えであるのは確かだ。店名と地図を奥さんに送った。

それからどのくらい時間が経ったろうか、

「ステーキ美味かったよ。」と晴れ晴れとした元気な声で電話が入った。病が癒えて、あの大ドライブをなし終えた報告であった。

難病だったはずだ。よく克服したものだ。我がことのように嬉しかった。同時に、回復振りには驚くばかりであった。ゴルフの飛距離も病気前より伸びたそうだ。

「治った秘訣はなんだい。」

「うーん、看護婦さんには『よくそんなに明るく、前向きでいられますね』と何度も言われた。」

納得した。どんな厳しい時にも「明るく、前向きに」。これがシンちゃん流回復の秘訣なのだ。

ところで、「イージス」とはアテネの守護神アテナイ女神がいつも左手に持っている盾のことである。ギリシャ神話の主神ゼウスが女神に与えたもので、この盾を持てば、あらゆる邪悪から身を守れるという優れものである。

さて丑・寅の皆さん、古希を迎えたことを、先ずは寿《ことほ》がなければなるまい。しかし、これからはあらゆる邪悪がこれまでの何倍にもなって襲って来るかもしれない。この現実に立ち向かうには、われらにも盾が必要だ。その万能の盾・イージスをシンちゃんが示してくれた。「明るく、明るく、そして前向きに。」この心構えがわれらのイージスだ。

最後に、映画「亡国のイージス」のこと。シンちゃんがストーリーに涙したのはもちろんである。だが、それだけではない。映画には、実物のイージス艦が登場する。ミサイル迎撃システムを装備した世界最先端の巡洋艦である。この艦に、シンちゃん達の会社が心血を注いで関わったところがある。

シンちゃんは、その場面を目にして、我が分身が世界の檜舞台で活躍している思いがしたに違いない。これぞ男子の本懐。そして感涙。

よき出逢いを

クラスの廊下を勢いよく雑巾がけしてゆくと、隣のクラスからも猛スピードで雑巾を押してくる男がいた。衝突寸前で互いに止まった。初めて見る顔だ。足利一中には、西小と柳原小の卒業生が集まる。彼は柳原小の出身に違いない。立ち上がるとびっくりするほど背が高い。西小にはこんな大男はいない。一度会えば忘れない男であった。なかば君との初めての出会いである。

互いに中学生だった昭和二十年代の後半、足利のメインストリートである大通りには、車はほとんど走っていなかった。二丁目の高島屋から、七丁目の切通しまで子供たちが横隊で自転車競走をしても危険はまるでないと言っていいほどであった。そんな時代に、足銀本店に程近い三丁目大通北側に、タクシー会社があった。車自体珍しかったので、前を通ると中を覗いたものである。あとで知り得た事だが、なかば君はその会社の御曹司であった。

高校生になり、レコード鑑賞会に誘われた。なかば君も一緒だった。会の名は「からたち会」といい、月一回開かれた。民家の二階で唐紙を外し二間を一間にし、床の間の前に電気蓄音機を置き、そこを正面にコの字に座って音楽を聴くのである。集まった者は、我々高校生が最年長で、小学生までいた。

なかば君は電蓄の隣に神妙に正座していた。レコードを替えるのが役目であった。当時レコードは、まだLP盤は出現しておらず、所謂78回転のSP盤だけであった。SP盤とは、直径30センチ。記録時間が片面4分30秒程度と短かった。「からたち会」では、小品ばかりでなく、必ずシンフォニーが一曲含まれていた。シンフォニーには何枚もレコードが必要であった。一枚終わるとその都度レコード盤を替える。その上、SPレコードは、落とすとすぐ割れた。慎重に扱わなければならない。レコード係は、多忙かつ神経を使った。なかば君は、いつもレコードを抱きかかえるように大事に扱っていた。

「からたち会」の主催者、Kさんは、染料屋の御主人であった。足利では染料屋は裕福な階級に属する。テレビも無く、インターネットなど夢想だにしなかったあの時代、この階級の旦那方は貴重な情報源であり教育者であった。加工屋の親方であった私の大伯父は、仕事の終わったあと職人達を集めて、その日の出来事を無骨な言葉で話していた。職人は親方の話で社会を知った。人の道も教わった。Kさんも、足利のこの良き気風を引き継いでいた。

そして私たち若者に音楽の窓を開いてくれたのである。

ところで、「からたち会」で聴く交響曲はいつもベートーベンであった。聴く者が高校生、中学生、小学生であろうとベートーベンなのである。

「何故だろう。」

主催してくださったKさんの見識である。Kさんは、若い頃、プロ野球の選手だったという。だから基礎基本が大切だということを体で知っている。Kさんにとり音楽の基礎基本は、ベートーベンなのである。Kさんはそのことを私達にたたみ込もうとしていたに違いない。端正な言葉で、噛んで砕いて、その良さを語ってくれた。解説の内容も格調が高く、決して子ども相手のものではなかった。

書家で詩人の相田みつを氏は「よき出逢いを」と説く。Kさんは、その「よき出逢い」を作ってくれたのである。

今でもベートーベンを耳にすると、懐かしく、うっとりしてしまう。あの時のお蔭である。

それにしてもなかば君、昔の旦那方のような務めはなかなか果たせませんね。

長じて、なかば君には早稲田大学で再会した。なかば君は、早稲田大学副総長という重職にあった。教職に就いた私は、大学見学のため足利女子高ＰＴＡの皆さんを連れ、早稲田を訪れたのである。

キャンパスツアーと称して学生が学内を案内してくれる。ユーモア溢れる説明で、疲れる間もなくキャンパスを一回りする。その後学生食堂で昼食。五百円前後のメニューで満腹となる。ＰＴＡの皆さんは大学生活を我が子より先に体験できたと話は弾んだ。

「最後は早稲田大学のシンボルです。」

なかば君は大隈講堂に案内してくれた。壇上で私とＰＴＡ会長が挨拶した。

次になかば君、

「この壇上で校長、ＰＴＡ会長のお二人より前にスピーチをした方は、アメリカのクリントン大統領です。」

なかば君は由緒ある講堂の壇上で話すことの重さにそれとなく触れ、私たちを喜ばせてくれた。

幼馴染とはいいものだとしみじみ思った。

男装の麗人

　繊維関係の旦那衆が三人集まっていた。

「我が家は小学三年女の子だ。」

「うちもだ。」

「わしのとこもだ。」

「何か習わせないか。例えば…」

三人相談の結果、日本舞踊ということになった。妻に伝えると、どこの妻も「またあー。」と返事はつれなかった。

旦那衆は熱くなり、東京から優秀な師匠を呼び、足利に何日か滞在して教えてもらうことにした。

　稽古場所はとも子嬢の家となった。

　とも子嬢は一人っ子である。あまり丈夫でなかったので、母はカン蹴りやゴム飛などしていると、家に入りなさいと言った。だからお淑やかなお嬢さまであった。

日舞の師匠はユニークであった。身ぶり手ぶりで踊りながら、レコード等は使わず、自分でくちずさみながら長唄等を教えるのであった。師匠のお稽古は高校生まで続いたのである。

とも子嬢には子供の時の強烈な思い出がある。

SKD（松竹歌劇団）のミュージカル・ショーで、群舞の真ん中に男の服装をした人がすっくと立ち上がった。

「あの人誰？」母に尋ねた。

「主役よ。男装の麗人ね。」

その時、とも子嬢はあんな人になりたいなと強く思った。

足女高三年生最後の進路相談で、SKDに入団したいと口に出してしまったのである。とも子嬢は、まさか子供の時の夢がこんなに強烈に心にへばりついていたとは思わなかった。

母親は反対。とも子には既設のレールがある。一人娘であるから、婿を取り、あとを継ぐこと。まず、身体がそんなに丈夫ではない。それに年齢をくってしまったら跡継ぎとして好い婿が来ないのではないか。

父親はこういう場合、大体煮え切らない。確かに母親の言う通りである。だが、可愛い娘の夢を潰すのも、それで嫌われるのも辛い。

「もうすこし、本人の言うことを聞いてみよう。」父親は答えた。

とも子嬢は答えた。

「まず、ＳＫＤに入団するには、松竹音楽舞踊学校に入る必要があるの。この学校の受験者は毎年１０００名程。試験は一次、二次、三次、それに特技。合格者はたった50名。そのうち、毎年10名程度脱落するようよ。修業年数２年。ただ、学費はとっても安いの。ここを卒業してはじめてＳＫＤです。」

父親も覚悟した。

「母さんと相談して決めたぞ。松竹音楽舞踊学校入学から卒業までの二年間だけ。ＳＫＤは不可。それでよければ、受験してみなさい。合格は至難の業だぞ。」

とも子嬢は、一次、二次、三次試験合格。最後の特技の試験には、叔母から着物を借り、レコードを持参して、日舞の浦島を、試験官の前で舞った。

結果は、なんと、合格。父母や叔母は驚き、喜んだ。当の本人は、何も言えずへたり込んだままであった。

試験の内容は形態模写、声帯模写、パントマイムのようなものが多かった。日本舞踊の師匠の稽古が役立ったのかもしれない。

松竹音楽舞踊学校の授業は予想以上に厳しかった。

毎日、授業は六時間で、バレーにタップ、日舞に洋舞、声楽に朗読、ピアノにギターと、芸能全般に全力的に取り組むばかりであった。これは母の外は危ないから、お家にいなさいという教えの対局であった。

とも子嬢は、在学中の二年間で、自分自身大きく変化したことに驚いた。

第一は、身体がすっかり丈夫になったことである。風邪も引かず、お腹もこわさず、頭痛もなく全く別人のようであった。あの厳しかった授業のおかげだと思っている。

第二は、心の温かさの大切さを知ったこと。大舞台ショーの合間に個人ショーがある。その盛り上げは学生の仕事である。そんな時、石原裕次郎、小坂一也、浜村美智子、美輪明宏、クレージーキャッツの皆さんらスターと呼ばれる人たちは実に学生に温かく接してくれた。

とも子嬢は両親との約束を守り、二年後足利に帰った。

ちなみに、とも子嬢は12期生　倍賞千恵子さんは13期生であった。

緑橋

母と祖母は
「台風なんて来ない。水なんて来ない。」と言いながら、おにぎりを作っていた。と、急に我が家に水が入って来た。駄目だ、隣家だ。そこも危ない。では、裏の二階家だ。ここには近所の人がすでに大勢いた。ギシギシ音がする。誰かが叫んだ。「階段もあと二段しか残ってないぞ」。もう皆黙ってじっとしているしかなかった。足利の街中は水浸しかもしれない。しばらくして、やっと少し水が引いた。また引いた。

今、皆が避難している緑町の渡良瀬川左岸は、河川敷は広いが、土手が無い。水が引いたのは右岸の土手のどこかが切れたためかもしれない。とにかくほっとした。

翌朝、父は染工場に行くと何もかも流されていた。入荷したばかりの染料も燃料も跡形もなかった。近所は、ほとんど家ごと流され、その後は、まだ川のようであった。渡良瀬橋の一つ上の緑橋は流されていた。

昭和二十二年九月のキャスリン台風の襲来であった。足利市史によると足利は、流失家屋

421戸、倒壊家屋773戸、死者182名、行方不明463名という大惨事であった。

ともよ嬢小学校四年の時で、一家は渡良瀬川右岸に引越し、自宅と工場を建て家業を再開した。

困ったのは、ともよ嬢である。友達と別れたくないので、西小学校に通いたい。だが渡良瀬川を右岸から左岸に渡る緑橋が流失してしまったのである。右岸の自宅から、左岸の西小学校までどう行けばいいのか。

仮橋ができた。だが、雨が降りちょっと増水しただけで、もう使えない。次は、渡し舟である。両岸に支柱を立て、針金を渡し、それに輪のついた針金を通し舟の舳先に結び、船頭が竿で漕ぐ舟である。一人五円、往復でも、五円であった。

小学校六年生まで、この渡し舟で通学した。雨の日は水が舟に入りそうで、風の日は飛ばされそうで、何とも怖かった。中学、高校は、渡し船に乗るより下手の渡良瀬橋を使って通った。緑橋が流されたために、ともよ嬢は通学に大変な思いをしたのである。

緑橋が架設されたのは、平成三年であった。

ともよ嬢は、足女高卒業後、念願の山脇服装美術学院に出願し、入学は市ヶ谷の新校舎一期生であった。学院長の魅力に惹かれ、いつしか一流デザイナーなることを目指した。毎日が夢のようであった。

卒業後、勉学の賜物か、新宿の伊勢丹と有楽町の十河《そごう》デパートから、マネキンに着せる洋服デザインのなどの仕事が入り始めた。こんな状態が続くようにと願った。

そんな夏のある晩、とんでもないことが起こった。寝ようと思い、窓に手を掛けると、軍手をはめた別人の手も、その窓を握ったのである。ともよ嬢は窓を閉めようとし、軍手の手はその窓を開けようとしているのである。びっくりして、大声で、

「だれか！　だれか来て！」

幸いあまり遅い時間でなかったので、両隣の部屋の人が駆けつけてくれた。難を逃れたのである。ともよ嬢は泥棒かそれとも痴漢かと思ったという。そういえば、彼女は凹凸のバランスのよくとれた体形で、中学時代から健康優良児であった。その夜すぐ東京駅から夜行バスで足利に帰った。

ともよ嬢にとり、東京は夢もあるが、怖い所でもあった。

家族と相談し、昭和33年足利に日本茶と洋装の店「アザレ」を八月八日、彼女の誕生日に開店した。現在、開業以来66年になる。

そのため、彼女は、我らの電波塔である。足利のことは彼女に集まる。彼女に聞けば、大体分かる。

貴重な方である。

T子先生

足利もとまちの西端の八雲様（八雲神社）のすぐ近くに川が流れている。この辺は、両側に染色関係の工場が多く、水の色はいつも天然色であった。川幅は三、四メートルで、山に沿って南から北に流れているので、地元の人は「逆さ川」と呼んでいる。正式には、「柳原用水」といい、江戸時代に作られた灌漑用水である。昭和の時代には、上流は工業用水、下流は農業用水であった。毎日トシは友人のヤスと、この用水を流れに沿って十五分程歩き、右手に足利女子高校を見、更に十分ほど歩くと、足利高校に着くのであった。

T子さんとは、小学校、中学校は通学路が同じ川沿いの道なので登下校に会っていた。だが、足女高は通学路が別になった。

秋には「高校音楽祭」がある。宇都宮にある県庁前の栃木会館であった。国鉄栃木駅で乗り換え東武線へ。東武宇都宮線はすいていた。電車内では、足女生横一列。足高生が向かいに一列。皆黙ったままだが、音楽祭の楽しみであった。

T子さんは、合唱にも独唱にも出演した。独唱曲は「平城山」であった。

時は流れた。T子さんは、大学に進み、更に大学で職を得るための課程をも極めた。その時に教えを受けた先生に

「今でも覚えている叱られ方、ありますか。」と問われたことがあったそうだ。

「はい。漢文の時間、つい目が文字から離れてしまうことがありました。すぐ見つかり、先生は私の机に近づき『心ここにあらず』と小声で言って戻るのです。これだけは忘れません。」

その先生からは

「小、中、高の教壇にも立っていたほうがいいですよ。」とも言われた。

T子さんは、某高校での経験を話してくれた。男子校であるので女子の先生はいなかった。たまたま授業の前日、美容院に行った。教室に入ると黒板に、「きょうは成人式ですか」と書かれ、大きな丸で囲んであった。ほかに赤字で何か書いてあった。

黒板を眺め、T子先生は考えた。

「はい、君。黒板拭きなさい。まず丸。次は、その文字。中の赤い文字は、そのまま。」

「次、君。赤い字、読んで。」

「先生、美人です。」

「声が小さい。もう一度。」

「先生、美人です。」

「はい…授業」

生徒は全員。

「はい、美人さん。」と言った。

あたたかな充実した授業であったそうだ。

その後、T子先生は大学の教壇に立った。以後三十数年、大学退職とともに、名誉教授となった。専門は、「西洋音階を用いない日本音楽」の研究であった。

T子先生とは、必要な時には電話連絡をした。
いつか、「宇治茶はうまいね。」という話題になった。すると、T子先生は
「あんなぬるいのが?ふうふう吹いて飲む番茶もいいわよ。」と言った。
また、ある日

「1、2、3、4、5、6、7、8、9、10。関東人は平板でしょう。京都の人は、1から10までを節をつけて言うの。」とT子先生は笑った。

二つの会話からの推測である。T子先生には、宇治茶も番茶も茶としては平等なのである。だから宇治茶だけ褒めるのは、許せない。

数え方も、平板だろうが、節をつけようが、数えることでは同列なので、上下は無い。T子先生の頭の中は、そうなっているのではないだろうか。

そう言えば、「一番いい歌は？　残しておきたい歌は？」と尋ねた時、「答えられないわ。」と即答した。

T子先生には、歌は全て平等で、順位は無いに違いない。

思い返せば、電話で聞いているT子先生の声は。若々しく、歯切れがいい。関西訛りもない。だが、T子さんが大学の教壇に立って以来一度も逢っていない。

だから、思い浮かぶT子先生の姿は、今もって、背に白の三本線と星二つのセーラー服のT子さんのままなのである。

新八木さん

昭和十二年、十三年の丑寅生まれの足利第一中学校の同期生が学年そろって還暦を祝った。およそ百五十人も集まった。乾杯が終わり、懇談に移ると、どのテーブルも急に盛り上がったのである。なにせ中学卒業以来四十五年振りであるから、名札はあるが、子どもの時の顔と今の顔が結びつかないのである。女性は名前が変わったりするから余計である。今の六十歳は若い。皆美人である。結局、還暦の会は「どこの誰だい」の話で持ちきりであった。お陰で、六十歳での、新しい友が五十人以上は増えたと、皆喜んだ。

「新八木さん」は、還暦の会で初めて知った仲間である。

彼女の生家は前橋で、家業は薬局。長男が後を継ぐならわしであった。彼女の父は、三男なので、薬専卒業後、さらに医学部に進み、医師となった。開業医は好まなかったので、教授の勧めで産業医となった。最初の勤務先は「日紡《ニチボー》・明石工場」その後「日紡《ニチボー》・垂井工場」に移った。父親の転勤に伴い彼女は垂井小学校に入学した。

父が軍医として招集された後は、「新八木さん」の家族は前橋の母の実家に移った。市内は危なかろうと、すこし田舎の農家に疎開していた。寝るときはいつも枕元に洋服と防空頭巾を置いていたという。

昭和二十年八月六日、前橋方面に空襲警報発令。夜半から空襲がはじまった。小学二年だった「新八木さん」は、小学三年の兄と、二歳の妹を背負った母に連れられ、近所の人達と桑畑の中に逃げ込んだ。

空が急に明るくなると、敵戦闘機が急降下し機銃掃射が始まる。これが繰り返えされる。泣くと見つかると思い、歯を食いしばり、母について逃げ回った。恐怖も忘れ、走って、走って、逃げた。あちこちに人が倒れていた。弾に当たったに違いない。

朝になると、周りは焼野原。家は無く、庭に焼夷弾の欠片が転がっていた。あの時の、急降下と機銃掃射の音は未だに忘れないと言う。

栃木県南部の小山市と、群馬県の高崎市を結ぶ両毛線の中で、栃木市、佐野市、足利市、桐生市はさしたる軍需産業が無いので爆撃を受けていない。だから足利の我々は「新八木さん」の話で、空襲の恐ろしさを知ったのである。

前橋空襲の九日後が終戦である。彼女たちは燃え残っていた蔵の中で生活を続けた。その頃、しきりに財閥解体、農地解放、財産税等という言葉が大人の口にのぼっていた。祖母は大変だった。不在地主ということで農地は解放されてしまったのである。祖母の生活は一変した。状況を理解出来ず彼女は家に籠もりきりになったしまった。

父が復員し、「日紡《ニチボー》・関ケ原」に産業医として着任し、三年を過ごした。その後、「日紡《ニチボー》・足利」で産業医を続け、家族全員足利に越して来た。

「新八木さん」は、足利西小、足利一中と我々の仲間になったのである。ところで、「新八木さん」という呼び方は、「同じ苗字が二人になったから、お前さんは、『新八木さん』だ」と転校した時、西小学校の先生が言ったのが、始まりだそうだ。

足女高を卒業して数年後結婚した。

結婚後、夫は度々転勤した。東京、大阪、防府《ほうふ》、東京、高松、東京。「新八木さん」は住所を何回か変えた。その間、一男、一女を授かった。引越しの先々で、トラブルは無かった。彼女は、むしろその場、その場の良さを経験したと言う。ものに拘らない、さっぱりした人柄のお陰であろう。そのうち、子供の成長に伴い通学の問題が起こる。そのため、夫に単身赴任を願ったこともある。

長じて、長男は医師となり、長女も希望の道を歩んでいる。このような生活を送れたのも、戦争が無く平和のお陰であると「新八木さん」は信じている。

「若い人達よ、戦争のない世界、平和が一番を忘れずに生きて下さい」。

「新八木さん」の心からの願いである。

手芸のこと

もり子さんは、足女高卒業間際まで進路が決まらずにいた。「料理上手な女性になれ。自分もまわりも幸せになるぞ。」父親の口癖であった。それもいいなとも考えていた。

彼女の家は繊維業界では整理屋といい、織り上がった布の脱色、染色、風合いなど、布の最後の仕上げをする工場であった。

当時、この工場に研究のため、東京の文化服装学院の先生が通って来ていた。先生は彼女の進路を耳にし、

「会わせたい人がいるわ。紹介しておきますから、お会いしたら。」と言ってくれた。

その方とは、山脇敏子先生であった。お目にかかったのは、ご自宅で初夏の頃だった。軽い質感のロングドレスで、扇子を使いながら現れた。そのオーラに圧倒されてしまった。

「高校時代は、美術部でした。園芸にも興味があります…。」などと夢中で話した。そんな彼女を、先生は静かに聞いてくれた。

先生は最後に、

「絵の具を、糸にかえて勉強してみたら。表現は同じで範囲は広く、面白いわよ。」とおっしゃった。この一言で、よしやろうと、彼女は決心した。

もり子さんは山脇先生が創立した山脇服飾美術学院に入学し、朝6時40分足利市駅発の東武電車で浅草へ、そこから地下鉄神田駅で市ヶ谷に二年間通い、勉強した。さらに一年間学び、服飾美術の範囲、広さ、奥行きに加え、家具、生活用品、室内装飾へ関心を深めた。皇太子殿下と美智子様の御成婚の折、山脇先生の祝賀献上品は先生がデザインされたベッドカバーだった。在校生はその仕上げをお手伝いさせてもらった。その時の白糸刺繍の美しさには、驚きすら覚えた。

山脇学院卒業後も、出来るだけ研鑽に励んだ。当時人気絶頂だった手芸家イルゼ・ブラッシュ先生より欧州刺繍の応用を学ぶ機会を得た。その後ロンドンのヴィクトリア・アンド・アルバートミュージアムの手芸部門を見学した。昔欧州では女子5歳にして針と糸を持ち、イニシャルの刺繍の稽古を始めたという。その技法を見せるための刺繍作品が展示されていて、素敵な額装で味のある立派な作品になっていた。手芸の歴史の深さを知った。

1988（昭和63）年、米国デンバーでのパッチワーク大会にも参加した。コロラドの山の中のホテルの一週間は貴重な体験だった。昼は製図、色彩、デザインと忙しく、夜はパジャマパーティーで世界中の人々と交流できた。

ネイティブ・アメリカン協会の夫人にも会った。彼女たちのパッチワークは綿で、ヨーロッパの上流社会の絹ではない。彼女たちネイティブ・アメリカンは、ぼろぼろになって着られなくなった上着から端切れを取り、それを縫い合わせてベビーキルトを作り、それに赤子を包み育てる知恵を昔から持っていた。「自分たち独特な色彩感覚、トルコ石などの使い方はいまだに私たちの宝です」と胸をそらせた。アメリカン・パッチワークの源流はここにあるのではないかと、ふと思った。手芸の奥は深い。

最後にもり子さんの私ごとを少々。

夫の勤務先愛知県知多半島で、18年。育児、家事、手芸教室と多忙であった。

ある日、4年生の長女がガール・スカウトの制服に憧れ、入会したいと言ってきた。もり子さんはガール・スカウトのことは知らないので、早速、愛知県支部にガール・スカウトとは何かと尋ねてみた。その答えは「自分で考え実行する」「人と交流しお互いを尊重しあう」「自然との共生を図る」の3点がモットーであるとのことだったので娘を直ちに入会させ、自分も行事には出来るだけ参加するようにした。そんなきっかけで縁ができたガール・スカウトには、子育てに大変援助を頂いた。もちろん、もり子さん自身の生き方についても。

現在は「手芸スタジオ・ラルゴ」を主宰しており、山脇敏子先生と出会った日の気持ちを持ち続けている。

「しばらく足利に帰っておりません。

渡良瀬川、赤城山、榛名山、浅間山、水道山。みな恋しいです。　もり子」

Ⅱ　言葉・言葉・言葉

（William Shakespeare「ハムレット」より）

島岡達三さんの思い出

先日、久しぶりに島岡達三先生の灰被象嵌縄文壷《はいかぶりぞうがんじょうもんつぼ》に逢ってきました。壷は県下では非常に若い県立高校に所蔵されています。この壷には思い出が詰まっています。まだ学校創立九年目の平成7年3月の卒業生が、学校のため、後輩のために何か残したいという話をまとめました。そして卒業記念品は「末永く、誇れるものにしたい。」と言うのです。

当時校長であった私は、しばし思いを巡らせて、「島岡先生にお話してみるか。」と答えました。

島岡先生については、新聞や雑誌、それにテレビなどで、活躍ぶりについては多少の知識はありました。

「先生の作品なら、生徒の希望する学校の宝として末永く誇れるものになる。」

しかし、お礼といっても生徒の卒業記念品代では、先生の作品に見合うものではありません。その上、先生とは一面識もありません。この考えは、とても実現可能とは思えませんでした。

でも、当たってみよう。そんな気持ちでした。

　連絡を取ったところ、お会いして下さるとのご返事でした。

　その日、初対面の挨拶もそこそこに、生徒の話を伝えました。

そして、「生徒の気持ちは純で強いのです。」と加えました。

島岡先生は即座に、

「分かりました。ついておいでなさい。」と言って、作品の展示してある建物に案内してくれました。

「ここにあるものなんでもお持ち下さい。」と言って出て行かれました。驚いて言葉も出ずにしばらくの間、作品を眺めていました。

そこへ島岡先生が壺を抱えて戻ってきました。

「出来たばかりの壺です。流れも出ているし。これをお持ちなさい。」すぐ箱を持ってこさせ、その場で箱書きをしてくださいました。

　　灰被象嵌縄文壺　　達三　落款
　高さ30センチはある堂々たる壺です。「学校の宝として、末永く誇れるもの」と言う生徒の声に、島岡先生は真っすぐに答えてくれたのです。先生のお人柄には頭が下がるばかりでした。

この壷はその風格に加え、先生の心根まで伝えています。本当の宝物であります。

この後、先生は人間国宝になりました。

新渡戸稲造という人

先ごろ津田梅子の肖像画が描かれた新五千円札が発行されました。津田梅子の前は明治時代の小説家・樋口一葉でした。その前の肖像画が新渡戸稲造です。一葉より十年前の1862年（文久2）年生まれで1933（昭和8）年に亡くなった人です。

新渡戸稲造は、日本を外国に紹介することに一生を捧げた人です。あの有名な「武士道」を書いた人です。「日本には宗教がない。道徳教育は出来ないだろう」とアメリカ人に言われ、そんなことはないと英語で書いた本が「武士道」です。日本の伝統的な道徳教育が書かれ、世界中で読まれ強い感動を与えました。最近では、映画「ラスト・サムライ」に大きな影響を及ぼしています。

私は、新渡戸稲造の本を、アメリカの大学の図書館で読みました。この大学には、独立した建物の図書館が四つありました。ちょうど、御巣鷹山に日航機が墜落した時で、どうも寝つきが悪く、夜12時ごろ、6階建ての図書館に行きました。その書棚で稲造の本を見つけました。

日本人の気質を英語で書いた本で、そのなかに「アメリカ人は、生まれながらに平等だと考えるが、日本人はそうは考えない。成功の機会が平等だと考える。そして成功の扉を開くかどうかは、本人の努力次第である。」という一節がありました。

この一節を、アメリカ人に話すとなるほど日本がよく分かると言うのです。日本の経済力がうなぎ上りなのも、受験地獄と言われるほど懸命に勉強するのも分かるというのです。

お札の肖像画は変りましたが、五千円札を目にすると私は新渡戸稲造を思い出し、アメリカで深夜の大学図書館でのことが甦えるのです。

中島粂雄君のこと

新年明けましておめでとうございます。

本年もまた、いつものように皆さんのお元気なお顔を拝見でき本当に嬉しく思います。本年もいい年になるに違いありません。

さて、丑年、寅年生まれの仲間の一人中島粂雄《なかじまくめお》君が下野新聞社から「足利まちおこし事件簿」と題する素晴しい本を出版いたしました。そこで本日は、そのめでたさを肴に晩餐を共にしましょうというのが趣旨であります。中島粂雄君の「出版記念パーティー」です。どうか粗酒粗肴ならぬ美酒美肴を嗜み、腹蔵なき会話を時間の許す限りお楽しみ下さい。

会食に移る前に、中島君とその著書の紹介をいたします。中島君は昭和13年生まれ、寅年で、今年の平成21年は年男です。順調に学業を終え、東映株式会社に入社しました。ここで何をしていたか、何も聞いていません。今夜明らかになるかもしれません。謎のままかもしれません。昭和43年、足利商工会議所に入所、その後商工会議所専務理事10期30年を勤め上げ、平成19年11月めでたく退任いたしました。今度の著書は、商工会議所時代の総まとめであります。この本を読むと、この30年の足利の歴史が分かります。収穫祭では大勢の人が訪れる「ココ・ファーム・ワイナリー」、足利花火大会、足利銀行の一時国有化など、変化の激しい時代の中で、中島君が足利のためどんなに奮闘したかが手に取るように分かります。貴重な記録です。

その間、中島君の心意気はどうであったろうかと想像してみました。彼はシャーロック・ホームズのこの言葉を引用しています。

「いま風が未曾有の冷たさ、厳しさでこの地に吹きつけている。でも屈することなく前進しよう。嵐が止んだときは、この国はより清らかで、より優れた、よりたくましい国に生まれ変わっているだろう。」

彼の愛するシャーロック・ホームズのこの言葉に励まされ、不撓不屈の精神で事に当っていたに違いありません。

それから5年後。平成28年4月16日に中島粂雄君は天国に旅立った。私の手元には彼の著書「足利まちおこし事件簿」がある。副題は「シャーロック・ホームズ先生に捧ぐ」だ。彼は天国でシャーロック・ホームズと談笑しているに違いありません。

JTBワシントン所長　様

私達4人（父・妻・息子）は、田中様より8月5日ワシントン・ダレス空港で出迎えを受け、8月8日ナショナル空港でお見送りいただいた者であります。あの節は大変お世話になりました。

ダレス空港で、迷子同様のところ田中様にお逢いした時は実にほっといたしました。また、ホテルの鍵のトラブルでは深夜までお付き合い頂きました。さらに、ナショナル空港では、出発ゲートに間違いなく行けるかどうか窓の外から見守っていてくださいました。田中様の心遣いには感謝の申し上げようもありません。

おかげで、ワシントンでは充実した日々を過ごせました。

自由行動の日には日本美術の宝庫であるスミソニアンのフリーア美術館で、歌麿がわが町栃木で描いた大判の肉筆浮世絵「月」を鑑賞できました。旧知の当館学芸員の消息も知ることが出来ました。

一日観光では、ガイドを務められたフルカワ様に、90歳間際で歩調の遅くなった父に対し、モールやアーリントン墓地の散策の折など、細かく心を配っていただきました。深く感謝しております。

旅先では、その風物に心動かされるのはもちろんですが、今回は高齢の父も同行したこともあり、現地でお世話になった田中様、フルカワ様の親切がなによりも心にしみました。

帰国の日は、テロ騒ぎが突発しどうなることかと心配しましたが、空港の混雑をよそに、私達の乗るラ・ガーディア発デトロイト行きも、デトロイト発成田行きも奇跡的にオン・タイムで、無事帰国できました。印象深いアメリカ旅行でした。

日本はやっと残暑の厳しさも薄れ、過ごしやすい秋に向かい始めました。ワシントンの皆様には、お体をおいといのうえ、益々ご活躍くださいますよう祈念しております。

最後になりましたが心より申し上げます。誠に有難う御座いました。

平成18年8月28日

高校時代

私の高校生時代は半世紀もの昔である。全て忘却の彼方に去ってしまってもしかたのない程の時が既に流れている。それでもなお、いまだ鮮明な思い出がある。

高校二年の夏休みのことである。その年、太田市金山の神社の社務所で勉強しないかと誘われた。この神社は親戚筋にあたる。集まるメンバーは、大学生である神社の長男と、高校三年生が2人、それに私の4人だという。喜んで誘いに応じた。

金山は関東平野の北端に位置し、社務所からは、広々とした平野が一望できる。渡良瀬川が見える。利根川も白く光っている。利根の先は、もうどこまでも平野である。夕立のときは、雨がカーテンようになって、村から村へ走り抜けるのが見える。蝉の声は絶えることがなかった。

部屋は、十二畳程の広さで、四隅に机を置き各自のコーナーとした。私は我が家のある足利の見える所に陣取った。

生活はといえば、時折訪れる参拝客に御札を売るほかは、勉強ばかりであった。朝、5時に神社の太鼓と共に起床。朝食まで勉強。朝食後、昼食まで勉強。昼食後、夕食まで勉強。社務所は大樹の下にあるため、戸を開けておけば涼風が吹き抜け快適であった。夜も涼をとるため戸は開けたままであった。そのため光りに虫が集まり、網戸がないので勉強は蚊帳の中だった。夜は早寝であった。

寝床に入ると、つい話となる。将来何になるかという話題もあった。偶然この4人は皆長男であった。1人は、神社の跡継。1人は、映画館の経営者の息子で、経済を専攻して企業家になると言う。もう1人は医者の子で、人助けの為医師になると言っていた。3人とも積極的に跡を継ぐ気でいた。

私の番である。父は勤め人であったから、私は何に成ってもいい立場であった。だが父の希望は、繊維関係の技師であったようだ。私もそれでいいと考えていた。ところが、今まで思ってもみなかったことを、口走ってしまった。

「人の心に、かかわることをやってみたい。」

みんなの手前見栄を張っただけなのである。

だが、一度口に出した言葉には不思議な力がある。何に成ろうかと考えると、「人の心にかかわること」という言葉が、つきまとうのである。あの三人に義理立てしているからではない。自分自身に義理立てしているのである。もう三人とも、あの時の話は忘れてしまったかもしれない。だが私は忘れない。口に出した言葉はその人の心を掴んで離さぬ力があるに違いない。

　こんなわけで、教職の道につながったのである。高校二年の夏、ここに勉強しに来なかったら、別の人生を歩んだかもしれない。

社務所での勉強は、ミンミン蝉の最中に始まり、カナカナ蝉の声と共に終えた。あの部屋には、電話もラジオもなかった。携帯電話やテレビなど夢想もしなかった時代である。

センセーイ！

丑年生まれ、寅年生まれの教員の同期生が、年に一度集まる同窓会がある。

近況報告の中で、こんな話が出た。

メンバーの一人の奥さんも、先生をしていたが、定年を迎える直前に倒れてしまった。動脈瘤で、人事不省になったのである。血管置換という大手術で、幸いにも、一命は取り留めた。後遺症が残った。意識障害と半身麻痺である。

意識を取り戻してもらおうと、家族皆が代わる代わる奥さんに呼び掛けた。

「お母さん」と、お子さんが呼びかけても、夫である友人が「おまえ」と呼んでも、名前を呼んでも、答えない。看護婦さんが、大きな声で苗字を呼んでも「奥さん」と呼んでも、意識は戻らない。それでも一生懸命呼び続けたそうである。

そんなある日、若い看護婦さんが、「センセーイ」と呼びかけた。すると、ぴくっと反応した。もう一度「センセーイ」と言うと、やはり反応した。かつて奥さんの勤めた学校には、看護科があり、呼びかけた若い看護婦さんは、教え子であった。

「こういうこともあるんですね。私が呼んでも、子供が呼んでも、答えなかったのに、教え子の『先生』という言葉で意識が戻ったのです。」

その時の驚きと喜びを感慨を込めて話してくれた。教職にあっただけに丑寅会の一同は、目頭が熱くなった。

奥さんは今では、快方に向かい、車椅子に乗り、戸外を散歩するまでになったとのことである。

「奥さんが目を覚ましたのは、職業意識からかね。」誰かが呟いた。

私自身、教職に就き40年を越す。何度、「先生」と呼ばれたであろうか。先生と呼ばれると、それに答えようと、心身ともにしゃきっとさせる。そして、気力を充実させる。これが職業意識というものであろう。使命感と言い換えてもいい。そして長年の間に身に付いてしまう。「センセーイ」という言葉が、奥さんの使命感に届き、意識を取り戻したのかもしれない。

ところで、会の面々は、丑、寅生まれであるから、とうに古希は過ぎた。四捨五入すれば、傘寿である。いつまで若い気でいるが、何かの拍子に深い眠りに就かないともかぎらない。

そんな時、

「『センセーイ』と呼ばれて、目を覚ますことがあるのだろうか。」

ひとしきり、この話題で持ち切りだった。

みな、そうあって欲しいと願っていた気がする。

本箱

いつの間にか溜まってしまうものに本がある。読み終わったもの、読み止《さ》しのもの、買っただけで忘れてしまったものなど様々である。

本は、整然と一箇所にあるとは限らない。乱雑に、机の上はもちろん、テーブルの下にもある。こたつの近くにも転がっている。この間などは、寝ようとしたら、背中がゴロゴロする。布団の中にも本があったのである。

妻には評判が悪い。

「きちんとできないのなら、買わないで下さい。」と言われてしまう。もっともである。

最近は、なるべく買うのを控えている。だが、書評を読んだり、新聞広告を見たりするとつい買いたくなってしまう。本屋に入ったら、もう駄目である。二、三冊は買って出てくる破目になる。電車の待ち時間も鬼門である。キオスクを覗き、お茶と一緒に本を買ってしまう。こうして本は、溜まってしまうのである。

時には、本を整理しようと思うときもある。本箱を見ると、辞書や参考書が既に場所を占め、新たに入れる余地はあまりない。わずかな隙を見つけ、押し込んだり、本の上に横積みにしたりする。だが、入り切れない。そのうち整理に厭《あ》きて、手元の本を読み耽ってしまう。

「だから無闇に買わないで下さいと言ってるでしょう。」

妻の声にびっくりして、我に返るのである。妻の言葉はいつも正しい。


先日、姪の結婚式が軽井沢であった。披露宴のあったホテルに泊まり、翌日、旧軽井沢を散策した。飛騨の家具の店にぶらりと立ち寄った。どの家具もなかなかの出来栄えである。急に飛騨調の本箱が欲しくなった。衝動的に、本箱の見積もりを頼んでしまった。寸法は後で渡すと約束した。

本箱の寸法を考えるのは、初めてではない。二十歳の前半、就職して数年の後である。すでに買った本とそのとき購入中の文学全集を入れるため、近所の建具屋のおじさんに頼んだ。おじさんの仕事場には、小学生の時、学校の行き返りに覗き込み、手際のよい仕事ぶりに見惚れたものである。いつの日にか何か注文したいと子供心に思っていた。やっと注文出来る年になったのである。

「本を見せておくれ。」

本と、私の作った寸法を見て、

「一寸時間がかかるよ。」と言って帰った。そのうち、分厚い板が仕事場の前に、立掛けられた。だが、なかなか仕事には取り掛からない。そのうちやっと削り始めた。またしばらくそのままである。

「くるったら、仕事は終りだからな。」

ようよう、幅三尺、高さ六尺の本箱が出来上がった。おじさんと共に本を納めた。ぴったり納まった。二人でほれぼれと出来栄えを眺めた。

今は、息子が使っている。四十年以上経つが、この本箱は寸分の狂いもない。

軽井沢で見積もりを頼んだのは、あの建具屋のおじさんのように、飛騨の家具屋さんも職人芸をみせてくれるような気がしたからである。そして孫子の代までくるわない本箱が出来ると感じたからである。

置き場はどこにしようか。部屋中メジャーで測りまくった。本棚の間隔はどうか。本の大きさを調べた。実に楽しい作業である。本箱の図面が完成した。家具屋さんにファックスした。これで部屋の中の木の整理は完璧だ。出来上がる前から、そう思って、安堵の喜びさえ覚えた。

だが、ふと、疑問が湧いた。

「予算は合うのだろうか。」である。

それに、妻はどうだろう。「また無闇に欲しがって。本箱が出来ても、本の整理はどうなることか。」と思っているに違いない。

「けんちん」と「けんちん汁」の話

年明け早々、下野新聞文芸欄「俳句」の選者速水峰邨《はやみほうそん》さんと「けんちん」の話をした。速水さんは、「けんちん」は呼び名が面白いので調べてみたが、具材や作り方の説明ばかりで何故「けんちん」なのかの解説は見つからなかったとのことであった。

私はといえば、「けんちん」は好物である。足利市生まれの私の母も、栃木市生まれの妻の母も、よく作ってくれ、味もほぼ同じなので、「けんちん」はこの辺りでは極一般的な家庭料理で、具材に野菜が多いのでルーツは田舎料理だろうとしか考えていなかった。

だが、「けんちん」の漢字【巻繊】を見て、なんだこれはと思った。

「暇だったら、調べてみてよ。」

「うん。」

私は確かに暇だ。すっかりその気になってしまった。

調べてみよう。我が家には、孫達が使い古した電子辞書がある。文庫本ほどの厚さでポケットにも入りそうな小型な辞書である。だが、その能力は驚異的である。この小型辞書の中には百冊を越す辞書が内蔵されている。

まず、電子辞書の広辞苑で調べてみた。

——「けんちん」【巻繊】——これが見出しである。とんでもない漢字である。「巻」はなんとか「ケン」と読める。だが「繊」はとても「チン」などとは読めない。広辞苑は「チン」は唐音、ケンチェン・ケンチャンとも言うとある。更に禅僧が中国から伝えたと述べている。「けんちん」は我が国の田舎料理ではなく、中国伝来の料理であった。

次に、ブリタニカを開いた。ブリタニカはイギリスの誇る大百科事典である。かつては、この事典はソーシャル・ステイタスを示すものであった。数冊からなり、装丁が立派で、しかも高価であった。書斎に並べてあるだけで圧倒された。ところが今は、この大百科事典が小さな電子辞書に収まっているのである。

ブリタニカは流石で「けんちん」を立項しており、次のように説明している。

1　中国の禅僧のもたらした卓袱料理の一つ。
2　中国の禅僧のもたらした精進料理の一つ。
3　現在の家庭的料理の一つ。「けんちん汁」の省略体。

この事典では、「けんちん」とは中国の禅僧が日本にもたらした「卓袱料理」や「精進料理」の中の一つと定義している。

まず、「卓袱料理」は、現在でも長崎の名物料理である。「卓袱」はシッポクと発音しテーブル・クロスの意味である。長崎には何度か観光したが、カステラ、チャンポン、皿《さら》ウドンなどは食したが、卓袱料理には近づいたことがない。高価だと思い込んでいるのである。

「精進料理」は、現在も方々で、色々の形で存在しているが、宇治の黄檗山《おうばくさん》万福寺の開祖である中国からの禅僧隠元《いんげん》が、一般大衆に茶を饗する「普茶・フッサ」の後、「普茶料理」を提供した。この普茶料理が、精進料理の初めとされている。

なお卓袱料理では肉、魚を使うが、精進料理では肉、魚は使わない。

ブリタニカは、「けんちん」とは、この二つの「料理の中の一つ」としているが、ここが分かりにくい。実は、両方の料理とも、食べ方がよく似ている。色々な料理を大皿に盛って食卓に置き、その中から各人取り分けて食べるのである。そして、「けんちん」は、二つの料理の「大皿の中の料理の一つ」なのである。

この「けんちん」に出し汁を加えて汁としたものが「けんちん汁」である。

「けんちん」の概要は見えた。私が思っていたのとは、全く違う。

蛇足であるが、「けんちん・巻繊」の漢字について。「巻」は、ケンで「まく」の意味。「繊」は日本音では「千切り、繊切り」のセンで「細かく」の意味。従って、漢字から推測すると、「けんちん・巻繊」は具材を細かに切って、薄焼き玉子や湯葉のようなもので巻いて小口切りにしたものであろう。

iPad という電子機器がある。息子が所有している。それでも調べてみた。突然、「建長寺汁」の訛ったものと出てきた。なんと、「建長寺汁」が「けんちん汁」になったというのである。この説は文献では見当たらない。

では、一体「建長寺汁」とは何か。次のような逸話が見つかった。

…ある日、建長寺の小坊主が豆腐を落としてぐしゃぐしゃにしてしまい、泣きじゃくっていた。そこに、開山様の蘭渓道隆《らんけいどうりゅう》が通りかかった。老師は怒りもせず、小坊主に言った。

「その豆腐を持って、一緒に厨に来なさい。」

老師は、厨で余った野菜を持って来させ、落とした豆腐と一緒に汁料理を作った。その汁は実に美味だった。その汁を食し、小坊主はすっかり落ち着いた。

その後何度も崩れた豆腐と野菜の汁は作られた。そして開山様の蘭渓道隆が初めて作ったこの汁は「建長寺汁」と名付けられ、修行僧達は今でも食べ続けている…


早速、父母の菩提寺である足利市の福厳寺副住職采澤良晃《うねざわりょうこう》さんに電話した。良晃さんは、建長寺で7年間にわたり修行し、建長寺を代表してテレビに出演したほどの知識豊かな人である。小坊主と開山様の逸話について質問した。

「あの逸話は、いい話なので、建長寺で修行する者には代々伝えられている口伝ですから、文献には残りません。」と答えてくれた。

この逸話で、開山様は粗相した小坊主に叱責の言葉は一言も発しない。元気を出せなどと激励もしない。共に汁作りという作業で小坊主を救いあげた。人には言葉より大切なものがあると教えられる。屑や残り物で美味な「けんちん」料理を作ることで、質素倹約、創意工夫のことも、言っているのかもしれない。

修行の本質の一端を、、単純、素朴に語っている。

最後に、良晃さんは

「建長寺は例年秋口に、建長まつりを催しています。今年も実施の予定です。当日は山形の芋煮汁の鍋を借用して、けんちん汁を五千食程用意します。ぜひ、おいでください。」と誘ってくれた。

「ありがたく。」

残念ながら、今年は中止であった。

まだ、いつ頃から、「けんちん汁」が食べ始められたかについては、はっきりしない。私見だが、ブリタニカの説明する巻繊汁と、建長寺口伝の巻繊汁とは別物ではないかと思う。だからブリタニカ説だと江戸時代、建長寺口伝を取れば鎌倉時代のような気がする。

この近辺で食べているぐずぐず豆腐、くず野菜の「巻繊汁」の起こりはもっと古いのではないか。

速水さん、私の調べはこんなところです。

栃木県立足利西高等学校のこと

出版のことでお世話になっている新聞社のSさんから過日、唐突に尋ねられた。私が元教員という事で知っているのでは、と思ったらしい。

「西高校のことご存知ですか。」

「ええ。」と気楽に答えた。

西高校とは栃木県立足利西高等学校のことで、足利市の西部、足利市大前町にあった女子高である。

あとで慌てた。

ちょうど私が足利女子高校に勤務中に、足利女子高校の西分校が発足したことしか覚えていないのである。だから印象的だったのかもしれない。じっさい、それ以外のことは記憶が定かではない。何とかしなくては。とりあえず、栃木県立足利西高等学校閉校時の校長落合保さんに電話した。友人とは嬉しいものである。翌日、落合さんは閉校記念誌を持参して早速訪れてくれた。

まず沿革に目を通した。

昭和44年4月1日、昼間二部制定時制課程で栃木県立足利女子高等学校　西分校として、設置された。募集は女子のみ。

分かりにくい言葉がある。「昼間二部制」。現在の高等学校では夜間に学習する定時制に対する語は全日制である。

昼間二部制とは、どういう意味か。それは、授業が午前の部と午後の部の二通りあるということである。夜間は無い。

午前の授業に出るか、午後の授業にでるかは自分の都合で決められる。例えば今週は午前、来週は午後などと自在なのである。昼間でも修業年数は、定時制であるから四年である（現在の定時制は三修制といって夜間でも三年で卒業可能であるが、当時は定時制と言えば四年間の修業年限であった）。

なぜ足利に「昼間二部制」で「女子だけ」の高校、足利西高校ができたのか。

足利の繊維産業は、足利銘仙から、紡績、紡織という機械中心の工場企業へと時代と共に変化した。日紡（現在のユニチカ）、東洋レーヨン（現在のＴＯＲＡＹ）などがその例である。そこでは男子の体力より、女子の注意力の方がより重要であった。当時の工場では女子工員が必要なのである。

足利近郊の太田、桐生も似たような状況であった。どこも従業員を集めるのは大変だった。智恵を出し合った。

「やはり預かった子をランクアップしてお返しする。それには、教育だ。高卒として胸を張って帰ってもらおう。」

そこで足利西高では、学校の授業の二部制と、工場の作業の二部制のすり合わせをした。女子工員の学校への送り迎えは、各企業のバスですることとした。足利だけでなく、太田、桐生からも企業のバスは女子工員の学校への送迎に向かった。産学協同である。

昭和47年4月1日、設置3年後、足利女子高の西分校は、昼間二部制定時制課程の女子のための栃木県立足利西高等学校として独立開校となった。

なお、足利西高等学校のあった足利市大前町は足利、桐生、太田の三角形の臍のような所にある。

各社とも女子工員募集のため北国に出向いた。足利西高の話を細かにしたに違いない。集まった女子工員の出身地は、遠くは北海道、多くは東北地方であった。西高には、これらの女子工員に加えて、会社には関係なく勉強のために足利市内の自宅から登下校する一般生と呼ばれる生徒もいた。

当時の足利西高生の登下校の様子を記憶している方がいた。

旧国道50号線助戸一丁目にある寺社龍泉寺の北向かいには東レの工場、社宅、従業員宿舎などがあった。彼女はその近くにお住まいだった。

「朝7時頃女工さん達は会社のバスに乗って学校に行くの。スクールバスなど無かったから、羨ましかった。帰りは、会社のバスから降りると、お寺の隣のお店に寄るの。」こぢんまりとした店では駄菓子やパン、焼きそばなどを売っていて、入りやすい店であった。彼女達はささやかな買い物をし、小さな幸せを味わうのであった。

「あの子たちは、決して無駄遣いはしなかったよ。」店のおばさんの言葉である。

管理職レベルの社宅は、大月町の山際に有り、助戸小、第三中学校には、その家族の子どもたちがいたから親の転勤に合わせて転入生、転出生もいた。

足利西高生である女子工員の内面はどんなであったか。

中学校も三年生ともなれば、家庭の状況から卒業後は、職に就くことになるだろうと思っている子もいた。家から通えれば最高である。でもそうとばかりはいくまい。そんな折、足利西高校のことを知った。「仕事に、女子高生。」心がポッと明るくなった。そして、北海道、東北地方からも、足利に来た。

彼女らの生活は大雑把にいえば、学校、仕事、身の回りの事、睡眠の四つである。学校といえば予習、復習である。だが彼女たちにはそんな時間は無い。だから授業中に必死に学ぶ。このことを誰かに教わるのではなく、自ら悟るのであった。

仕事中にミスは起こせない。ミスは会社への不利益に通じる。注意は怠れない。自然に集中力を見につけた。

身の回りの事をする時間は唯一自分で決められる。掃除、洗濯、そして寛ぎ。だがここに時間をかけ過ぎると、睡眠時間が短くなってしまう。生活のリズムを乱すもとである。何度もひどい目にあってこの時間を上手に使えるようになるのであった。

西高生としての四年間は同じ仲間との集団生活である。嫌なことがあったり、嫌いな人がいたりするかもしれない。だがこれほど密な集団生活であると、時間が経つにつれ、嫌悪の感は薄れ、仲間同士を深く理解し、互いの夢も語りあうようになるのであった。

彼女たちは、この四年間で、人としての生き方を確りと身に付けた。若さとは素晴らしい。暗さは微塵も無く、明るく、誰もが日々全力的であった。斯くして、足利西高校を卒業していったのである。

栃木県立足利西高等学校の昼間二部制定時制課程のはなしである。

その後の沿革を略記する。

昭和60年4月1日　全日制栃木県立足利西高等学校　開設
平成5年3月7日　栃木県立足利西高等学校昼間二部制定時制課程　閉校式
平成19年4月6日　栃木県立足利西高等学校　県立足利商業高校と統合
　　　　　　　　栃木県立足利清風高等学校となる
平成21年3月3日　栃木県立足利西高等学校　閉校式

最後に、一言。

「足利西高は、閉校後も施設はそのまま保存されています。校庭、教室棟、体育館、昇降口、その前のロータリー、校門、植え込みなど全く往時のままです。

時折、映画、テレビのロケ地となっております。

どうか皆様方も、足利西高の跡地に立ち、ここで学んだ乙女たちの青春の夢に想いを巡らせて頂ければと思っております。」

追想　村田邦子先生

（1）

教育学博士村田邦子先生は足利ゆかりの優れた教育者の一人である。

村田先生は昭和十年東京大森馬込で生まれた。太平洋戦争中足利に疎開し、足利市立西小学校、足利市立第二中学校を卒業した。村田先生と幼き日に共に遊び、共に学んだ方々が足利には少なくないはずだ。あの可憐な少女、佐藤邦子さんが後の教育学博士村田邦子先生である。だがなかなか一致しないかもしれない。第二中学校卒業後足利とは遠く離れ、幼馴染と会う機会も稀になったからである。

先生は義務教育終了後、父上の薦めで東京の普連土学園高等学校に進学した。ここは、プロテスタントの一派フレンド派のミッションスクールである。その後、東京女子大学を卒業。さらに普連土学園の親大学とも言える米国アーラム大学を卒業した。アーラム大学はフレンド派の創設による由緒ある大学で、アメリカ中西部インディアナ州にある。

村田邦子先生と栃木県との関係は深い。ご主人が宇都宮大学教授だった関係で、先生は宇都宮に在住した。当時の栃木県知事ご夫妻とは昵懇であった。そこで英語が母国語である教員の必要性についての話も出たであろう。

村田先生は、アーラム大学と栃木県の仲立ちのような仕事をした。アーラム大学は、英語指導助手（ＡＥＴ）を人選し本県に送り、交換にアーラム大学主催の「教育文化講座」に本県の高校英語教諭を送る。この間の調整、連絡等が先生のお仕事だったと思われる。

今でこそ、外国人の先生が日本中の学校で英語を教えているのは当たり前のこととなっているが、あの頃栃木県の高校の教壇に、外国人の先生が立つことは画期的であった。なにせ、当時の文部省が外国語指導助手（ＡＬＴ）を導入する以前のことであり、本県は、いわゆる、先進県であった。村田邦子先生の栃木県英語教育に対する貢献は甚大であった。

人選に当っての中心人物はアーラム大学のジャクソン・ベイリー教授で、教授と村田邦子先生は昵懇であった。

本県への英語指導助手（ＡＥＴ）は米国中西部のグレート・レイク・リーグより選抜され、派遣された。なお、西部、東部、南部の英語は独特の癖があり、中西部は標準的だと言われている。

例年一月の米国アーラム大学主催の「教育文化講座」に既に参加した者、新たに参加する者、英語指導助手が、「アーラム友の会」を設立し、一同に会し情報交換した。村田先生はご夫妻で来賓として必ず出席していた。私は、三回目の「教育文化講座」に参加し、その会の席上で初めて村田邦子先生にお会いしたのである。

その後さらに、インディアナ州教育使節団の本県視察、本県高校生のインディアナ州ホームステイなどが続いた。

この頃までは、お会いする機会は何度かあったが、村田邦子先生は遠くに見ていた。どんなお方か深くは知らなかった。ましてや足利と縁が深い方とは、知る由もなかった。

その後、村田先生は大学卒業後しばらく間を置き、49歳で宇都宮大学修士課程入学、平成三年筑波大学博士課程を修了、外国語教育史を専攻し、教育学博士となった。博士になってからの村田先生とは没交渉であった。

（2）

突然、村田先生より手紙を頂いた。先生はひょんな所で拙書「もとまちものがたり」をお読み下さった。そして「目が点になった。」という。

ひょんな所とは、平塚にお住まいの先生の妹さんのお宅であった。私が妹さんの同級生だと知り驚いたという。私も驚いた。村田先生が足利に居た頃のお住まいは西宮で、そのお宅の前を第一中学校への行き帰り毎日通っていたのである。急に先生が身近になった。

「目が点になった」のは、ララ物資の項で、その中心人物としてローズ女史が登場する場面だという。村田先生はその名を見て、急いで手紙をしたためずにはいられなかったと言った。

「ミス・ローズは、私の恩師です。在学中の普連土学園の校長先生でした。私もララ物資配付には協力したことがあります。ローズ女史の奮闘振りをこの目で見ているのです。ローズ先生の日本に対する恩恵は計り知れません。だのに今では先生を知る人は少なくなってしまいました。残念です。もっと知って欲しいのです。」行間から村田先生の熱意のこもった話しぶりを聴く思いがした。

ララ物資とは、終戦直後、アメリカから送られてきた食料品、衣料品、医薬品などの救援物資である。

終戦直後、米国本土に祖国日本の食糧危機は深刻であると訴えた在留邦人がいた。その訴えで浄財が集まり、物資を購入した。だが物資を日本に送る組織がない。その時立ち上がったのがローズ女史たちである。彼女等の尽力で、アメリカに日本の戦災難民救済の公認団体が設立された。おかげで善意の救援物資が日本に到着したのである。その団体名を「ララ」という。

戦後子ども時代を過ごした方々には、なんとも言えない味の脱脂粉乳を記憶しているのではないだろうか。

「これはね、アメリカから来た、ララ物資の牛乳よ。残してはいけません。」という先生方の言葉も耳に残っているかもしれない。「私、セーター貰ったわ。だぶだぶしていたけど、色が綺麗で暖かかった。あれ確か、ララよ。」妻の記憶である。

足利市立西小学校のメニューには、「ララうどん」があった。

ローズ女史は戦後直ちに来日し、ララ物資が日本中の必要とする所に行き渡るよう、陣頭指揮を執った。一般的には、援助物資は世界中どこでも必要なところになかなか届かないのが現状である。だが戦後日本では、混乱も、不正も、遅滞も無く物資は隅々まで配布された。奇跡といわれている。日本人の清廉潔白の気質に加えて、ローズ女史たちの献身的な努力の賜物であった。

さらに、ローズ女史は日本の女子教育に関わり、ヴァイニング夫人の帰国後は、当時の皇太子殿下（現上皇陛下）の第二代目英語教師を勤めた。

「私はローズ先生を出来るだけ多くの人に知ってもらい、先生から学べるところ見つけてもらえればと願っているのです。」

同感である。ローズ女史について書いてみようと述べ、再会を約す手紙を書いた。その後、「E・B・ローズ女史」と題する文を四部に分けてしたため、「足利文林」最終号にやっと上梓できた。村田先生には参考文献など紹介頂いたことに対する感謝と、約束を果たしたことの報告を述べ、ぜひご批評頂きたかった。が、その時は来なかった。

(3)

程なくして、村田先生の妹さんから小包が届いた。「越後長岡・心のふるさと」と題する先生の御著書に手紙が添えてあった。

御著書により教育学博士になってからの村田邦子先生のご活躍を知ることができた。先生はご主人の転勤に伴い、越後長岡に移った。新潟大学、長岡造形大学、長岡看護福祉専門学校などの非常勤講師、長岡技術科学大学助教授を経て、日本大学工学部教授となった。

長岡技術科学大学では、外国人留学生に日本語と日本事情を教えること、日常生活や学習上のアドバイザー、そして母親役を務めることであった。先生は嬉々として務めに励まれたそうだ。

留学生は、中国、マレーシア、フィリピン等のアジアの国々、欧米諸国、チュニジア、チェコ、ロシアなど実に多様であった。越後長岡の厳寒の宵、村田先生は留学生たちを自宅に招き手料理をふるまい、故郷を遠く離れた彼らの心が凍てつかぬよう見守った。卒業式では、「日本のお母さん、さようなら」と何人もの留学生から涙の別れを告げられた。日本人の心の暖かさを外に伝え続けていたのである。先生の面目躍如である

私は冊子に挟まれた手紙は直ぐに開封するのを躊躇する思いがあった。小包同様手紙も差出人は妹さんであったからである。丁寧な文字で書かれた妹さんの手紙は、やはり先生ご逝去を告げるものであった。健康のことを口にするのを聞いたことがなかったので、不意を突かれた思いがした。

手紙によると、村田先生は生前最後の別れの言葉を書き残していたという。

「ごあいさつ」
充実した人生を精いっぱい
生きさせていただきました
おかげさまで無事に

魂のふるさとの星へと
旅立ちます
神さまに導かれて
光の中を飛翔します
ハレルヤ　ハレルヤ　ハレルヤ
ありがとうございました

2007（平成19）年1月13日　御永眠

エスター・B・ローズ女史のこと

２０１１（平成23）年3月11日14時46分に発生した東日本大震災の惨状が伝わるや、「日本頑張れ」（DO NOT GIVE UP, JAPAN.）と、激励の言葉が世界中を駆け巡った。じっさいこの惨劇の衝撃は激烈であった。

マグニチュード9・0の巨大地震、死者・行方不明者は2万２２００人以上にものぼった。地震、その後の大津波は、沿岸の人々の生活を営む平和な場所をことごとく破壊しつくしてしまった。更に東京電力福島第一原子力発電所の事故をも併発し、原子力と人間の関係性について嫌が応にも向き合うこととなった。国内史上最大の地震による最大震度7の揺れ。北海道・東北・関東の沿岸を襲った大津波。そして日本の形を変えるほどの地殻変動。

あれから13年が過ぎた２０２４年（令和６）年、我々は、復興のため全力を尽くしたいと今も願っている。一日も早く、被災した方々に新たな生活の戻ることを祈らずにはいられない。

東日本大震災を契機に日本国籍を取得し日本に永住する意思を表明したニューヨーク生

まれの日本文化研究の第一人者、高名な日本文学研究者ドナルド・キーン氏がいる。大震災で日本を去る外国人の多い中で、キーン氏の行動はその逆である。氏は、長年日本文学を究めている間に、日本人の心情に深く染まったという。

この惨状には、「日本人と共に」ではなく、「日本人として」取り組みたいという心根である。心潤む思いがする。

本稿の主人公である、エスター・B・ローズ女史も、もし存命であれば、急遽日本に駆けつけ救援活動を始めたであろう。ローズ女史は、1917（大正6）年、21歳での初来日から64歳で日本を去る1960（昭和35）年までの43年間、日本に滞在し、我が国のことを日本人の心で心配してくれた人なのである。

今回の震災には心を痛めずにはいられず、じっとしていられなかったであろう。ローズ女史とはそういう人である。

エスター・B・ローズ女史は、米国フィラデルフィア出身のフレンド派の女性である。教育者として来日し、東京の普連土女学校（現在は、普連土学園）で英語や家庭科を教え、日本の女子教育に携わり、その間自身も日本語を身につけた。1940年に一時帰国するまでの間、日米間を行き来し活動していた。日米関係の悪化により日本への帰国が困難となり、1946年までアメリカでの滞在となり、その間には、アメリカ・フレンズ奉仕団のメンバーとして、カリフォルニア州パサデナ地方の収容キャンプ、いわゆる強制収容所で日系アメリカ人の支援活動のために働き、1946（昭和21）年、終戦直後の日本の疲弊ぶりを知るや、「ララ」(LARA = Licensed Agencies for Relief in Asia) の駐日代表のひとりとして活躍した。さらに二代目「皇室英語教師」として皇太子明仁親王および天皇家の英語教師などを8年間務めた。1960（昭和35）年、エスター・B・ローズ女史は日本における全ての職を辞し、米国に帰国した。64歳であった。

第2次世界大戦から80年もの時間が過ぎ、エスター・B・ローズの名を知らない人も多くなった。日本人のことを愛し日本人に愛されたローズ女史のことをここに記したい。

［1］　エスター・B・ローズ女史の足跡

1896（明治29）年11月26日、エスター・B・ローズはアメリカ合衆国のペンシルベニア州南東部にあるフィラデルフィア市にて誕生した。

１９１７（大正６）年、ローズ女史は初めて日本での第一歩を刻んだ。ローズ女史、実に21歳。同年、日本普連土女学校の教師に就任した。女史と日本との関係はこの時から始まり、１９６０（昭和35）年まで実に40年以上におよぶ長い期間、関わりを継続し続けた。

この間、教師としての資質をさらに高めるため、何度か帰国し、ペンシルベニア大学、アーラム大学、コロンビア大学に於いて学んだ。


１９２３（大正12）年、ローズ女史がだいぶ日本での生活に慣れてきたであろうこの年の9月1日、関東大震災が発生した。死者・行方不明者は推定10万5、０００人。明治以降の日本の地震被害としては最大級の被害規模となった。

その日、ローズ女史は、来日中の母と共に軽井沢に滞在中であった。急を知って母を残し交通機関の不自由をおして単身帰京し、アメリカ・フレンズ奉仕団の一員として、直ちに被災者救援に当たった。アメリカ・フレンズ奉仕団とは、第一次世界大戦中の１９１７年にフレンズ派によって作られた国際ＮＧＯ（＝Non-governmental Organization・非政府組織）。ローズ女史は、文字通り身を粉にして働いた。ＮＧＯは衣類その他の援助物資に加え、十万ドル以上の資金を費やしたと言われる。

1940（昭和15）年の初夏、ローズ女史は約半年の予定で帰国した。しかし翌1941（昭和16）年12月の太平洋戦争勃発のため来日が叶わず、結局終戦後まで6年間米国に留まることとなった。この間アメリカ・フレンズ奉仕団の職員として、終戦の1945（昭和20）年までカルフォルニア州パサデナ地方の日本人強制収容所で日系人の立場に立って奉仕活動を行なった。

［2］真珠湾攻撃から終戦まで　～ローズ女史の手記から

ローズ女史は、真珠湾攻撃から終戦まで詳細な手記を残している。手記を残すことはほとんどないローズ女史には、全く稀なことである。おかげで大戦中の在米邦人の苦難の程を知るのである。以下その記述をたどる。

1941（昭和16）年12月7日

アメリカ在住の日系人は、真珠湾が攻撃されたと聞かされて、合衆国の他の人たちと同じようにショックを受けた。当時の日系人は、ハワイには数千人、大陸側のアメリカ合衆国には、12万7千人以上いた。うち63パーセントはアメリカ生まれであった。だが日系人で選挙権を持つ者は、15パーセントに過ぎなかった。

一世の夫は、落ち着いてから妻を娶ったので、妻は夫よりずっと若く、子どもの多くは、いまだ未成年であったからである。日系人の一部は、実業家や僧侶や教師となった。また農業者や園芸者、漁業者となり成功した者もいた。だが大部分は西海岸沿いやアリゾナの野菜栽培地や農園で働く労働者であった。

真珠湾攻撃は、日系人にとって日本が米国の敵国となり、これまで築いてきた生活の破滅を予感させた。他の合衆国の人々以上のショックな出来事であった。

真珠湾攻撃の直後の状況はどうであったか。

ハワイでは連邦検察局（ＦＢＩ）は日系人指導者の何人か抑留したが、大部分の者はそのままで、通常の生活が続けられていた。

一方カリフォルニアでは、ＦＢＩは時を移さず主だった日系人指導者、海岸基地周辺の海岸を熟知している日系人漁師を逮捕した。真珠湾があれほど簡単に打ち破られたのでは、カリフォルニアにはどんな事態が起るのかと恐怖したのである。日本海軍が、南方に進撃し、フィリピン、香港、シンガポールと勝利を収めるたびに捕らえられる日系人の数は増えた。

1942（昭和17）年2月　立退命令、強制収容、強制収容所、再移住始まる

空襲警報が沿岸一帯に出されてから、ロスアンジェルス近傍のターミナル島、プジュ・サンウドのベイブリッジに住む日系人全員に対し、立退命令が発せられた。行き先は、内陸部の日系人の知人宅か、教会が避難所として開設したホステルであった。今思えばここでの生活はまだゆとりがあった。

パニックは人を狂気に追いやる。沿岸からの立ち退きだけでは済まなくなった。すべての日系人の強制収容を要望する圧力が一般の人々から湧き起こったのだ。

最初の強制収容には二日の猶予しか認められなかった。一部の日系人はすすんで西海岸を去ろうとしたが、ガソリン・スタンド、レストラン、ホテルの利用を拒否され、東部行きは断念せざるを得なかった。結局太平洋沿岸諸州に住む日系人の半数が強制収容された。

生活に必要なもので持ち出しを許可されたのは、自分で持ち運べるだけの持ち物であった。朝五時半に集合地に集められ、六時に収容所に向けて出発した。移動は陸軍のトラックに依った。

初めアメリカ人は一様に驚きに目を見張り、日本人を見送ったが、すぐ慣れてしまい、この日系人の強制移住から利益を得た者も少なくなかった。

自分で持ち運ぶことができない日系人の財産は押収された。日系人が使用していた乗用

車、冷蔵庫などは強制的に捨て値で売却させられた。彼らの銀行口座は凍結され、強制移住者には手持ちの現金があれば十分とされた。

ローズ女史はこんなエピソードを書き残している。

地方のレストランの店主の言葉である。

「ジャップからまだ何も買わないほうがいい。一日か二日すれば出ていかなければならないから、奴らは安く売るぞ。乗用車も、トラックも、高価な農業用、家庭用の機械もな。」

ローズ女史にとって同国人である米国人に向ける目は、冷徹である。この言葉を書き記した時のローズ女史の胸の内はいかばかりであったことか。

強制移住は1942（昭和17）年6月まで続いた。最初は米国軍の施設に近い所の日系人が、次は太平洋沿岸諸州の西半分のグループが、そして最後にその諸州の東半分とアリゾナ州のグループが強制収容所に連行された。

強制収容所は十か所に建てられた。それぞれの地に1～2万人の日系人が収容された。いずれも人が住めるか住めないかのぎりぎりの所であった。

建物は陸軍が建設し、中央に食堂を置き両側に8棟ずつ計16棟を一区画とした。それぞれ黒いタール紙で壁を覆ったバラックであった。内部は、住みやすいとは言い難かった。どの部屋も同じ寸法で区切られていたので、子どものいない夫婦は、他の夫婦と一部屋を共用しなければならなかった。野外便所は軍隊式で、はじめ仕切りが無かった。仕切りが設けられるのに何週間も掛った。風呂には湯舟はなく、シャワーで済ませねばならなかった。

強制収容所には病院施設もあったが、最初に建てた病院には産室がなかった。日系人の医師はその必要性を説いたが、大工は病院の必需品を受渡しする棚を取り付けただけであった。収容所内での出産など夢にも思わなかったのである。

食糧供給は戦時中としては比較的順調であった。しかし澱粉質や缶詰が多く、味気ないものであった。やがて大半の収容所で、日系人による大きな野菜農園が開発された。ローズ女史は、その農園のメロンが極めて美味であったと記している。

生活様式の変化に伴う問題も起こった。共同給食になったので、食堂の外に長い行列ができた。そこでは子どもは子ども同士で並び、親が一緒に並ぶことはなかった。食事も子ども同士で食べ、一家揃って食卓につくことがなくなってしまった。家族団欒の場の消失は家族内の意思の疎通を欠く元ともなった。

それでなくても、一世と二世の疎隔は大きかった。特に母親世代は英語やアメリカ風の生活法を覚える機会が少なく、自分の意見を述べるには母語である日本語に依るしかなかった。一方アメリカで教育を受けた二世は、具体的な事物を求めるだけの日本語しか使えなかった。従って両世代間では抽象的な思考による意思疎通は不可能に近かったのである。また受けた教育の差も大きな問題であった。親子間、家族間での交流の場面の消失は意思の疎通を難しいものにしてしまった。


家庭用品、食糧、医療は政府が提供した。やがて労働をした者に対価を払うとなった時、また問題が起こった。強制収容された者がする作業とは、食堂の仕事、便所、地面の清掃、管理事務所、病院、倉庫、畑、学校、幼稚園、図書館の手助けなどである。

最終的には、政府は作業した者に、一月当たり14ドルから18ドルを支払うことに決定した。また衣服費として3ドルが、各家族の構成員一人ずつに支給された。この金額は労働者階級だった日系人には満足のいくものであったが、月千ドル以上もの収入のあった実業家や専門職の日系人には屈辱的なものであった。

しかし、このような状況下でも、日系人はきびきびと働いた。強制移住させられた日系人と、米国政府公務員との関係は良好であったが、安全要員、清掃要員、物資取扱要員との間にはもめごとが多かった。彼等は収容所にいる日系人を囚人として扱う傾向があったからである。屈辱的な言動を受けたに違いない。収容所での抗議は、主として米国政府に対するストライキの形で表現された。

収容所は「強制移住センター」と呼ばれ、戦時強制移住局が所轄した。入所する時、米国側から「強制移住ではあるが、出てゆくこと、再移住も可能だ」と言い渡していた。若者が出てゆく条件は、米国に忠実な市民であること、自分の生活を賄えるに足る定まった仕事に就くこと、保証人があることなどであった。提供された仕事の多くは、農場労働、女中働き、ホテルの下働きなどで、低賃金だった。

戦時強制移住局は収容所の運営以外は手が回らず、日系人を収容所外に再移住させる諸手続きをする団体を求めていた。この役割を「米国フレンズ奉仕団」が担ったのだ。ロスアンジェルスやサンフランシスコなどに事務所を開き、そこではまず大学に行きたいという希望者の記録簿作りを行った。すなわち、彼らの学業成績表、大学教授や隣人からの推薦状、経済上の能力や援助の必要性、健康診断書を記録簿に綴じ込んだ。さらに各地の大学と連絡を取り、彼らの受け入れの可能性を探り、奨学金の援助やアルバイト手配などもした。

ローズ女史は、米国フレンズ奉仕団がロスアンジェルスに組織した団体の責任者であった。そこにはＹＭＣＡの常勤秘書や有能なボランティアが集まり、日に夜を継いで、収容所の日系人若者のために働いた。移住キャンプを出てゆく学生は徐々に増え、入学先が大学ばかりでなく、医学や法律の大学院にも見つかり、最終的には学生数２、６００人以上にのぼった。

この学生たちは、日系人二世に対する評価を高めるのに大いに貢献した。懸命に勉強し学問的に優れるばかりでなく、学生の共同生活にも心底から溶け込んでいた。多くは地方都市の大学に入ったが、その地では日系人に対する偏見も強かった。だがそれに屈することはなかった。忍耐強さを知らしめたのである。

そのうち、二世を個人的に対応するより家族ごと収容所を出すことに重点が移った。能力を持つ一世のために、園芸や野菜農園、日本人学生の真価を知った大学の清掃や庭の手入れといった仕事を探した。

1943（昭和18）年の秋　従軍

1943（昭和18）年の秋、収容中の日系人二世を米国陸軍に応募させることとなった。日系人は兵役を望む者と、拒否する者とに二分された。賛成する者はアメリカ人としての忠誠心を立証する機会と捉えた。反対派は強制収容中の者を軍務に付けるのは不当だと考えた。家族の意見も真っ二つに割れた。

自在に使えるのは一世が日本語、二世は英語であったので、細かな議論は噛み合せるのが困難であった。一部の者は親に内緒で志願し、収容所を出た。

1945（昭和20）年1月2日　収容所閉鎖

収容所には、家族単位の再配置が増えたため、日本人は残り少なくなっていた。最初から強制移住に抗議していたアメリカ人は公正処置委員会を結成し政策変更の圧力を掛けていた。日系二世部隊である第442歩兵戦闘連隊がヨーロッパ戦線で瞠目すべき活躍をした。以上のことが世論に有利に働き、遂に1945（昭和20）年1月2日付で日系人が西海岸地区に戻ることが許された。強制収容所はこの夏閉鎖された。

収容所からの帰還者が一時逗留する施設が必要になる。米国フレンズ奉仕団はロスアンジェルスで１９４２（昭和17）年にホステルとして使っていた学校校舎を修繕し、帰還者用の施設として使用した。帰還者はここに逗留し、財産の取り戻しを図ったり、仕事や住居探しをしたりした。

１９４５（昭和20）年8月15日　終戦

太平洋戦争は１９４５（昭和20）年8月15日に終わった。

日系人はアメリカ全土に散っていった。日系人の記録をひもとくと、心打たれる。どこに住んだ日系人も、お粗末な仕事に就いたが、それでも、急速な成長を遂げたからである。多くのものは再移住した地に留まったが、財産を持っていたものは、西海岸に戻った。

開戦当時、いちばん数の多かったのは若者たちだ。彼らはこの三年間で選挙年齢に達した。「日系アメリカ市民連盟」は権利や財産の回復のために活発に活動した。専門職や実業界で働く機会も開かれた。日系人は着実に正当な立場を獲得していった。

強制収容所を作ったことはアメリカ歴史上の汚点であるとして残っているが、この悲惨な事実の結末は、日本人自身の性格と決意により改善を見たのである。

ローズ女史は、次の言葉で手記を結んでいる。

「アメリカ人は、全体的に見て民族の平等を守れないで来た。アメリカの記録は決して正しいとは言えない。黒人は奴隷としてこの国に連れて来られた。インディアンは自分の土地から追い出された。東洋人は安い労働力として移民政策を進められてきた。これらの民族グループはすべて、偏見と差別の標的とされてきた。

この中で、差別と経済上の損失、強制移住といった扱いを受けたにもかかわらず、日本人が一番アメリカに対する忠誠心を立証したのである。」

［3］ ローズ女史の人となり

「エスターは強く、善良で有能、賢明、そして心の温かい人でありました」（ヴァイニング夫人）

ヴァイニング夫人とは、ローズ女史の友人である。エリザベス・ジャネット・グレイ・ヴァイニング（Elizabeth Janet Gray Vining）といい、第二次世界大戦後、少年時代の第125代天皇・明仁陛下（現在の上皇陛下、その当時は皇太子）の英語教師を務めた。その時の体験をもとに、名著「皇太子の窓」を残している。

「ローズさんについて思い出せることは四つあります。第一に身体上の風貌。ローズさんは体の大きな一種のスーパーウーマンでした。第二に人の上に立つ長としての、率直さ。第三には天衣無縫さ。素朴で、尊大ぶらない人柄。最後に心の平静さ。大きなものにも小さなものにも等しく親切であったことです」（ケネス・ストロング氏）

ケネス・ストロング（Kenneth Lionel Chatterton Strong）氏は、英国ロンドン生まれの日本文学研究者、翻訳家で1952（昭和27）年〜1954（昭和29）年までローズ女史と一緒に仕事をしたことがある。日本の現代文学を中心に研究し、島崎藤村、徳富蘆花、有島武郎などの作品を翻訳、その後栃木県と縁の深い田中正造についても研究した。

「日本語・英語両方話せる頼りになる人でした」（強制収容所の日本人）

先に述べたようにローズ女史は1917（大正6）年に21歳で初めて日本に来てから終戦の1945（昭和20）年ですでに28年の時間が経過している。日本で教職に就いていたローズ女史は母語である英語以外に日本語もマスターしていたと思われる。それはつまり強制収容所の日本人にとっては、「日本語、英語両方話せる頼りになる人」であったといえる。

こんな逸話がある。強制収容所でのこと再移住か、従軍かなどのことで家族の意見が二つに割れた場合、日本人一世（特に母親）が自在に使えるのは日本語、それに対し、二世は英語であったので、細かな議論は噛み合せるのが困難であった。一世と二世の両世代間では抽象的な思考による意思疎通は不可能に近かったのである。

そんな家族のもとにローズ女史が行くと、人さらいが来たと初めは感じたようである。ローズ女史は「何か、ありましたか？」と端正な日本語で聞く。母親は顔を上げる。だが黙っている。また行き、ローズ女史が再度「何か、ありましたか？」と日本語で聞く。母親は、また顔を上げる。だが黙っている。しかし、やがてローズ女史の方に目をやる。ローズ女史は華やかな女性ではない。落ち着いた朴訥としたタイプである。母親はつい何か呟く。ローズ女史はじっと耳を傾ける。母親は日本語だから、つい話をする。ローズ女史は、またじっと耳を傾ける。そしてローズ女史が日本語で二言三言、何か言う。母親は驚く。自分の心のモヤモヤを見事に言い当てているのである。母親はつい聞いてしまった。「どうすれば？」それを聞いたローズ女史がまた日本語で答える。それは実に的確なヒントなのであった。

この話は強制収容所中に広まった。収容所内の一世の母親達にとり、ローズ女史はなくてはならぬ人であった。

［4］　ララの母として

戦前、ローズ女史は日系人に対する偏見、差別、理不尽の具体例を無数に目にしたに違いない。その時、ローズ女史は何を感じたであろうか。この時の気持ちが、戦後日本の復興に献身的に尽力したローズ女史に繋がっている気がする。

既に前章で触れたことだが、「ララ」とは何か、もう一度記してみる。

１９４６（昭和21）年1月に、サンフランシスコ在住の日系一世である浅野七之助の呼びかけで日本の困窮を救おうという運動が米国に起こり、在米邦人を中心に浄財を集め救援物資を購入した。だが、物資は集まったが、日本に物資を送る許可が下りないのである。

この時期、ヨーロッパ向けには既に「ヨーロッパ救済連盟」があったが、日本を含むアジア向けにはこのような公の機関がなかったからである。

浅野氏は米国政府に許可を求めるため米国内十三の民間団体に協力を求めた。この時、中心となり奔走したのが、クエーカー教徒のエスター・B・ローズ女史であった。そして「アジア救済連盟」（Licensed Agencies for Relief in Asia）が認可された。この英語の大文字「LARA」から生まれた略語が「ララ」である。

これで救援物資は日本に輸送できるようになった。

最初のララ物資（主に、食料、衣料、薬品などの生活必需品）を満載したハワード・スタンバーグ号は、クリスマスに間に合うように1946（昭和21）年11月30日午後5時横浜に入港した。ローズ女史は、それに先立ち同年6月22日、ララ代表の一人として来日していた。以後日本に留まり、ララ活動が幕を閉じる1952（昭和27）年まで、物資配分計画、施設訪問、本国への報告書作成などに献身的に尽力した。6年間にわたるララ物資の量は、現在の金額にして400億円を越すという。物資が滞りなく、日本の隅々まで行き渡ったのは奇跡である、とローズ女史は驚嘆の念を持って述懐している。

ララ物資がなかったら、敗戦の惨禍を切り抜けるにはなお一層の時を要したであろう。ローズ女史には感謝のほかはない。子どもたちにとっては、ララ物資のおかげで学校給食が始まり、昼休み家に戻り雑炊をすすり、急いで学校に戻る必要がなくなった。親たちは食べ物の買い出しの回数も減り、ララ物資のありがたみを身をもって感じていたであろう

［5］皇室の家庭教師

戦後我が国の大きな慶事といえば、皇太子殿下に米国より英語家庭教師を迎えたことである。初代はヴァイニング夫人、二代目がローズ女史である。

「広く日本国民からヴァイニング夫人の受けた感謝と尊敬は前例の無いものだった。」皇太子殿下（現上皇陛下）の教育係の長であった小泉信三氏は、このように述べている。

当時、アメリカ人家庭教師は占領軍の押し付けではないかとの推測があったが、そうではない。「自分が今までにしたことで成功したことがあるとすれば、それはヴァイニング夫人を招聘したことだ」と天皇陛下自ら語ったという。

4年の任期を終え帰国する際、ヴァイニング夫人は後任について小泉氏より諮問を受けると、その場でエスター・B・ローズ女史の名を挙げた。

昭和天皇はローズ女史をよく知っていた。戦後間もなくの食料不足の折、ララより食料が送られてきたが、天皇、皇后両陛下はその時のローズ女史の献身的な活動に対し深く感謝していた。従って皇太子殿下の二代目家庭教師としてエスター・B・ローズ女史の名が出たときは、即座に賛意を表した。

この時ローズ女史は55歳であった。お相手は皇太子殿下に止まらず、皇后陛下、義宮殿下、内親王方、さらに皇太子御成婚後は美智子妃殿下にまで及んだ。1950（昭和25）年から1958（昭和33）年の8年間務めた。

日本政府は叙勲によりその功に報いた。

1952（昭和27）年、勲四等瑞宝章をララ代表としての功績に対し、1960（昭和35）年、勲三等瑞宝章を日本における総ての功績に対して授与した。その年、エスター・B・ローズ女史は日本における全ての職を辞し、米国に帰国した。64歳であった。

19年後の1979（昭和54）年、エスター・B・ローズ女史はペンシルベニア州フィラデルフィア市の自宅で永眠した。

享年82歳であった。

参考文献

「一クエーカーの足跡　エスター・B・ローズを偲んで」

（普連土学園　エスター・B・ローズ記念出版委員会　1980（昭和55）年）

Ⅲ　新世界

（Antonin Dvořák「新世界より」）

海外研修

第一部　アーラム大学

昭和五十六年。ちょうど、中曽根元首相がロン、ヤスと呼び合ったレーガン氏が、初めて大統領に選ばれた年である。県の教育委員会より、米国インディアナ州の大学に派遣された目的は、アーラム大学主催「米国文化教育講座」参加のためである。

初めての米国であるから、現地に着く前にニューヨーク、ワシントンを訪れる予定を立てた。雰囲気に触れ、英語に口と耳を慣れさせるためであった。

その折、同僚美術教師、渡辺達也先生からワシントンで、浮世絵の大家、喜多川歌麿の肉筆画「月」の消息を調べて欲しいと依頼された。

手掛かりは、美術書の「ワシントンのフリーア美術館所蔵」という記述。さらに「月」のモノクロ写真が一枚あった。

写真は、海外に流出する前の明治十二年、栃木市内の古刹で「雪」「月」「花」が展示された折、記念に撮られたものだという。貴重な手掛りである。これがあれば「月」はすぐ判る。ワシントンのフリーア美術館で、調査してみると渡辺氏と約束した。講座の始まる一週間前の一月三日、米国に向け出発した。

初渡米

このころ、海外渡航はまだ一般的ではなかった。私の両親、妻の両親、教え子まで成田空港に見送りに来てくれた。成田は開港三年目であった。

私自身、海外は言うまでもなく、飛行機も初めてであった。それに加え、アーラム大学主催「米国文化教育講座」は、現地集合、現地解散である。同行者は、県内の高校のY先生のみ。二人だけで主催大学まで行かなくてはならない。これも研修のうちであった。顔には出さないが、心細くないことはなかった。

周りも色々心配してくれた。飛行機は、離着陸が少ないほうが安全だという。忠告に従い、パン・アメリカン（パンナム）の直行便で、ニューヨークのジョン・F・ケネディ空港まで飛んだ。

個人で行くと、空港到着後することが多い。ホテルの予約確認、次に乗る飛行機の予約確認などである。空港内で、電話を探すのも一苦労であった。航空会社の窓口もすぐには見つからない。空港は広い。成田空港も広いが、初めてのケネディ空港は、さらに広かった。重い旅行かばんを引きずって、やっと窓口に着いたときは、汗だくであった。

空港から、ホテルに行くのも一騒動であった。キョロキョロしていると、タクシーの運転手らしき男が二人さっと寄ってきて、私達のトランクを掴んだ。そして、こちらを見ながら「ジャマン。」と言うのである。なんだか分からない。

「ジャマン。」とまた言う。この国の人が「ジェントルマン」と呼び掛けると、こう聞こえるのであった。

「ホテルまで二百ドル。」

「二人で?」

「いや、一人で。」

「そりゃ、高い。」なにしろ一ドル二百円を超えていた時代である。日本円にすると四万円さきである。

すると、ネクタイを締め、上下揃いの背広を着た紳士風の男が寄ってきた。ゆっくりした英語で話す。

「私が交渉しよう。悪いようにはしないから。」三人で話し始めた。

「一人百ドルでどうだろう。これが相場だ。」半値になったがまだ二万円を超える。

「まだ高い。バスで行く。」

「今日はバスはストだ。」とあの紳士が言う。だが、バスが走っているのが見える。あれは違う路線のバスだと言うが、信用できない。どうもこの連中は胡散臭い。

運転手が、トランクを車に引きずり入れようとした。咄嗟に言った。

「この町の友達に電話するから、けっこう。」

この一言で、紳士と運転手はスッといなくなった。

いなくなっても、困るのである。もう少し下げれば、利用してもいいかなと思わなくもなかったからである。

また一から出直しである。インフォメーション・センターを探し、

「リムジン・バスはどこから出ますか。」と聞いた。ところがこれが通じない。確か、成田に行くバスをこう呼んでいた。だからそう言ったのである。

「リムジンは高級車、バスはバス。だけどリムジン・バスなどというものはない。」と言う。

「タクシーではなく、何人かで乗り合わせてホテルに行く乗り物はないか。」と聞きなおした。

「それなら、あそこです。」と指を差してくれた。指先には、何の表示もない。不安ながら指示された所に近づくと、公衆電話のカウンターのようなものがあり、電話の傍らに女性が立っている。制服姿なら係員と分かるが、彼女は私服だ。だが、試しに言ってみた。

「ヒルトン・ホテルまで。」

すぐ彼女が電話をつないだ。程なく、十人乗り程のワンボックスカーが来た。

「一人二十ドル。」タクシーの五分の一であった。

　ホテルに着いた時はくたくたであった。飛行機を降りてから随分時間が経った気がする。その間、荒波に翻弄され続ける思いであった。

　この国は、油断もすきもない。ニューヨークの第一印象であった。

　この日、外に出る気力もなく、ルーム・サービスにした。ニューヨーク・カットの分厚いサーロイン・ステーキを食し、早めに、ベッドにもぐった。

フリーア美術館

一月のニューヨークは予想以上の寒さであった。同行のY先生は、耳を覆う帽子を携行しなかったので、戸外に数分いるだけで、耳が千切れそうだと泣かんばかりであった。すぐ帽子屋に飛び込んだ。

ワシントンも、「月」を求めてフリーア美術館を訪れた日は、晴れてはいたが風が強く震えが止まらぬ寒さであった。

贅沢ではあったが、安全第一だからと言われ、ワシントンもホテルは、「ヒルトン」であった。ここから美術館までは地下鉄で行ける。地下鉄の駅は深く、広々して、立派である。核爆弾に備えてのシェルターの役割もあるともいう。

外に出ると、頭上は晴れているが、地面の雪が強風で吹き上げられ、まるで地吹雪であった。目も開けていられない。だが、ここにスミソニアンの美術館、博物館群が立ち並んでいるはずだ。アメリカの威信を掛けた国立の文化施設である。クリスマス以外は年中無休である。収蔵品は膨大で、展示されているものは、何十分の一と言われている。フリーア美術館はその一つである。

すぐ近くのはずだが、フリーア美術館は見えない。まるで手探りでやっと着いた。

館内は静かであった。フリーア美術館は東洋美術収集では世界一と号している。日本に残っていれば国宝級の作品を多数収蔵している。

さあ、「月」を探すぞ。

館内を急いで一回りした。「月」は見当たらない。もう一度、ゆっくり探した。隅から隅まで見たつもりだ。やはりない。同行のY先生の顔を見た。首を横に振るばかりであった。展示されてはいないのである。がっかりした。

気を取り直して、ミュージアム・ショップで販売しているオフィシャル・ガイドもめくってみた。「月」の手掛りはない。

最後に、オフィスを訪ね、来館の目的を話した。

「残念ながら、本日は日本美術担当の学芸員が不在なので。」

結局、「月」の消息は掴めなかった。持参した「月」のモノクロ写真と、名刺を渡し、なにか分かったら知らせて欲しいと依頼し、フリーア美術館を後にした。

ホテルでコーヒーを飲みながら「月」のこと、歌麿の、栃木のことなどを話した。

歌麿は栃木市と縁が深く、幾度となく当地を訪れ、旧家に作品を残した。中でも傑作との誉れの高いのが、あの三幅対の肉筆浮世絵「雪」「月」「花」であった。肉筆浮世絵とは、作者自らの手で描いた浮世絵をいう。従って、浮世絵といえば思い浮かぶ版画のものとは異なり、同じ作品は二つとない。明治になり、浮世絵の名品の多くが海外に流出した。栃木市で描かれたという歌麿の大作「雪」「月」「花」もその例に漏れず、日本を離れ、その後、行方知れずとなった。ところが、そのうちの一つ「月」が、アメリカにあるらしい。その消息を尋ねて欲しい。これが渡辺達也先生から私への依頼であった。

何故、明治になって、美術品が大量に海外に流出したのであろうか。

渡辺先生の著書に、

…パリを舞台にした欧州では、明治十一年のパリ万博以後とくに日本美術に対する関心が高まり、万博に支店を持つ日本の貿易会社起立工商会社の副社長で美術商の若井兼三郎と通訳として渡仏した林忠正の二人は、機に乗じて日本の美術品、特に浮世絵関係を売りまくり巨利を得た…とある。

こうして、ヨーロッパに於けるジャポニズム（日本趣味）熱は煽られたのである。美の巨匠マネ、モネ、ドガ、ゴッホたちが感激した浮世絵もこの中にあったに違いない。美術品は、価値を知らない人々から安価で買いあさったのであろう。浮世絵版画は、歌麿のものですら十四、五銭程であったという。肉筆浮世絵「月」には、三百円という高値がついた。このため旧家は「月」を手放したのであろうと推測されている。ちなみに、当時の一銭はおよそ五十円、一円は五千円である。従って、歌麿の浮世絵版画は一枚七、八百円、「月」は百五十万円となる。

話が一段落したところで気持ちを「月」からアーラム大学「米国文化教育講座」に切り替えた。

アーラム大学

アーラム大学は、インデイアナ州リッチモンドにある。リッチモンドという町は、南北戦争の際の南部連合の首都として有名だが、あれはヴァージニア州で、ここことは違う。米国には、他に、カルフォルニア州にも同じ名の町がある。

アーラム大学のあるインデイアナ州リッチモンドは、小さな町で、空港がない。最寄の空港は、オハイオ州デイトン国際空港である。ワシントンからここに飛んだ。空港で「米国文化教育講座」の主催者の出迎えを受けた。

アーラム大学と栃木県との関係は深い。県独自でアーラム大学より英語教師を招聘しているのである。現在、国のＪＥＴプログラム（昭和62年発足）が、小、中、高校で英語を教える外人教師（ＡＬＴ）を招いているが、そのほぼ十年も前からである。私の渡米時にも、アーラム大学から二人目になるポール・ミリオラトさんが派遣され、私の勤務校であるＴ高校で教鞭をとっている。従って、私の「米国文化教育講座」参加はいわばその交換であった。

この「講座」は、実に多忙であった。アメリカの家庭生活、教育制度、価値観、風俗習慣、社会制度を知り、アメリカ人と親しみ、英語力を伸長させることを目的とした。ほぼ一ヶ月のうちに、この目的をすべて達成させようというのであった。方法は講義もあるが、体験が主であった。

社会制度を知るためには、州都インディアナポリスまで行く。移動はトヨタのランドクルーザー。運転はベイリー教授の奥様で雪道を飛ばしてゆく。州庁を訪問し、州三役に会わせてくれた。州庁は上院、下院、最高裁判所を備え、日本でいえば県より国に近い感じであった。会期中の下院に案内され、議場で紹介され、満場の拍手を受けた。言葉で表せぬ程の感激を体験させてもらった。

教育制度については、小学校だけでも数校訪問した。集まる子供がみな違う。集団になじめない子の学校。経済的に下位の子供たちの学校。上位の学校。子供に応じて教育方針が異なっていた。

中学校は二年までであった。中学三年生に当たる生徒は、高校一年生であった。これで非行が減少するとの話であった。高校は男女共学、総合性大規模校であった。

日本紹介の授業を行ったが、二十分もすると、生徒から矢継ぎ早の質問であった。日本の生徒と異なり積極的だ。授業後、生徒の名前を漢字に当てて筆で書いてやると、大人気で、長い行列までできた。

アーラム大学では、冬休みだが図書館で勉強に励む学生の姿が印象的であった。日本の大学はどうなのであろうか。

放課後、先生たちとの話し合いでは、ちょうど、日本の自動車進出が目覚しく、アメリカのその業界は不況の時期だったので、自動車関係企業の従業員の労働条件に話が集中した。低賃金、悪条件で働かせられていると思っていたようだ。防衛費、税金問題、麻薬、青少年非行も話題に出た。

教育委員会にも出席し、会議の様子を見学した。多くの人が傍聴できるよう、会議は夜に行われていた。議事の一つは、就学者数の減少であった。現在日本も悩んでいる問題である。翌朝、教育委員がわざわざ我々のところに訪れ、昨夜の議題について討議した。

地元のラジオ局のインタビューも受けた。話題は、日米の違いとして、風俗、習慣、男性、女性のこと。米国の印象として、チップ制度、食事、非行問題、離婚問題、結婚制度などであった。

週末は学校の先生や、大学の教授の家に泊まった。翌日の日曜には教会に行った。

中西部の冬は厳しい。その厳しさも実感した。19世紀前半のインディアナ州の生活を再現した日本の明治村のような「コナー・プレーリー」を訪れた日の日記に、こう記してある。…この日快晴なるも気温極度に低く、摂氏マイナス30度と聞く。この地の冬の厳しさを身をもって感得…

戸外では、慌ててアイスクリームを食べた時のように、目の上がツーンと痛かった。

連日、びっしり詰まった日程で、実に充実した研修であった。頭にも身にもびっしりとアメリカが詰まった感じであった。

毎日接したアーラム大学の先生方や、行く先々で触れ合った人々のおかげで、この国の印象は大きく変わった。ニューヨークの第一印象は「この国は、油断もすきもない」であったが、「この国の人々は、明るく、積極的で、気持ちが大らかで親切である」という思いが強まった。

インデイアナ州アーラム大学での講座終了後、サンフランシスコに数日滞在し、帰国した。

「月」遥望

無事帰宅し、落ち着くと、妻が滞米中の通信物をテーブルの上に載せてくれた。繰ってゆくと、アメリカから家族に宛てた絵葉書に交じり、航空便の封書が目に入った。差出人は、ワシントンのフリーア美術館学芸員、アン・ヨネムラさんであった。

急ぐ気持ちを抑え、はさみで丁寧に封を切った。「月」に関する返事であった。

「歌麿作とされている大幅浮世絵についてのお問い合わせの件につきましてお答えします。ご来館の折には展示してありませんでしたが、当フリーア美術館で保管しております。当館の記録によれば、当該作品は１９０３（明治36）年にパリにおける林コレクションの売立ての折Ｓ・ビング氏より購入したものです。

林コレクションの売立カタログによると、当時この作品は大型の軸物でした。特定の作者名はありませんでした。その後１９６０年代より始められた故ハロルド・Ｐ・スターン博士の研究により、歌麿の作品に間違いないとの結論に達しました。

現在この作品（当館所蔵番号03・54）はパネルに装幀しなおしてあります。当館においで特別な時にのみ展示されております。チャールズ・ラング・フリーアの遺志により、当館の作品は他の美術館で展示されることはありません。従いまして、作品（03・54）は常に当館にあります。」（拙訳）

これで明治の時代に、栃木を出てから八十余年、杳として行方の知れなかった「月」の消息が判明したのである。収蔵庫に静かに眠る「月」を遥かに望む思いがした。

それにしても、驚いた。研究者でもない一介の日本人の依頼である。返事は半ば当てにしてはいなかった。それなのにこれ程丁寧な手紙が来るとは。さらにこう続けてあった。

「この作品鑑賞希望の場合は、予め電話等でご連絡下さい。予約は月曜日から金曜日までになっています。当館の作品に特に興味をお持ちの方には、出来る限りの便宜を図るつもりであります。」（拙訳）

フリーア美術館の姿勢には胸を打たれた。日本では期待できないことである。

それにつけても、出来るなら、今回の旅で喜多川歌麿の傑作「月」をこの目で見たかった。

後日、県にアーラム大学「米国教育文化講座」参加報告書を提出した。同僚の渡辺先生には、フリーア美術館のこと、アン・ヨネムラさんの手紙のことをつぶさに話した。八十余年振りに、「月」の消息を知ることが出来、先生は快哉をあげた。有益な海外研修であった。

参考文献

渡辺達也氏著「歌麿と栃木研究」（石田書房）１９９１（平成3）年
五十嵐仁著「日本二十世紀館」（小学館）１９９９（平成11）年
本島利夫著「アーラム大学米国教育文化講座参加報告書」

海外研修

第二部　ブラウン大学

1985（昭和60）年、米国に再度派遣された。前回からわずか4年後のことである。また海外研修の機会に恵まれたのである。望外の喜びであった。

この年の渡米は文部省（当時）からで、「文部省主催、昭和六十年度英語海外研修」への参加である。米国滞在は夏休みを挟んで約三ヶ月であった。

研修先は、米国東部のブラウン大学。米国で7番目に創設という歴史を有し、ハーバード、プリンストン、エール大学などと「アイビーリーグ」を組む米国東部きっての名門大学である。入試倍率は実に十二倍という。

この大学は、リベラルな学風で、民主党系の名士を多く輩出している。医学博士の野口英世も、1921（大正10）年、ドクター・オブ・サイエンスの学位をここで授与された。博士、44歳の時である。

研修は、ブラウン大学での研修のほか、ミルウォーキーでのホームステイ、並びに授業実習、ローリング・セミナーから成っていた。

ローリング・セミナーとは耳慣れない言葉である。日本語に訳せば、巡回研修となる。巡回先は、ニューヨーク、フィラデルフィア、ワシントンであった。

また、ワシントンに行けるのである。しかも、巡回研修のテーマは（1）三都市の歴史（2）三都市のダウンタウンの比較（3）三都市の美術館、博物館の研究である。好むテーマをこの中から選ぶことになっていた。

躊躇無く美術館、博物館の研究を選んだ。これで「月」を所蔵しているフリーア美術館にまた行ける。

今度こそ、「月」をこの目で見られる。

研修地ブラウン大学は、ロード・アイランド州の主都、プロヴィデンスにあった。ボストン、ニューポート、レキシントンという米国歴史揺籃の地の間近である。大学は高台にあった。閑静で、勉学には最適である。坂を下りると、下町である。研修はここで7月末から8月末までの一ヶ月余り続いた。

充実した大学での研修を終え、いよいよ、ローリング・セミナー出発である。ブラウン大学のキャンパスに秋の気配が立ち込めた9月初め、ニューヨークに向かった。

ニューヨークでは、昼は研究テーマである美術館を訪れた。グッゲンハイム美術館、メトロポリタン美術館（MET）、フリック・コレクション、近代美術館（MoMA）等である。ピカソのゲルニカはまだ近代美術館にあった。夜は、寝る間も惜しんで、ミュージカルである。朝、目覚めて体を伸ばすと、足が攣ってしまった。

フィラデルフィアでは、アメリカ独立を告げたというひび割れた「鐘」を見学した。ベンジャミン・フランクリン博物館も訪れた。当時人気の映画「ロッキー」の主人公の育ったというイタリア人街も横目で見た。

さあ、次は、ワシントンである。いよいよ「月」との対面である。

日本出発前に、喜多川歌麿作「月」の消息を知らせてくれたフリーア美術館学芸員アン・ヨネムラさんに手紙を出しておいた。だが返事は来なかった。

研修中、もう一度手紙を書いた。四年前になるので、ヨネムラさんは他に移ったかもしれない。今度は美術館宛に手紙を書いた。4、5日後に返事が来た。

「最初の手紙は、どういうわけか私のもとには届きませんでした。ご依頼の件たしかに承りました。歌麿作品「月」、ご覧になれるよう取り計らいます。当館訪問の日取りが決まりましたらご一報ください。　アン・ヨネムラ」（拙訳）

今日がその日である。9月というのに暑かった。10時の開館を木陰で待った。思えば4年前ここは一面の雪であった。空は晴れていたが、風が強く、雪が地面から吹き上がり、目も開けぬ程だった。

今日は違う。緑一色である。アメリカの夏はどこも芝の緑が美しい。ここは特に美しい。目を上げると、はるかキャピトルが見える。そこまで緑の絨毯を敷き詰めたように芝生が真っ直ぐにのびている。振り返れば、ワシントン・モニュメントが聳《そび》えている。その先に、リンカーン・メモリアルがある。この緑の両側にスミソニアンの美術館・博物館群が立ち並んでいる。フリーア美術館はその中の1つである。はやる胸のうちを押さえる。開館と同時に、ヨネムラさんのオフィスを訪ねた。

ヨネムラさんは、待っていてくれた。真直ぐな黒髪で、目の落ち着いた美人であった。肩書きから想像していたよりはるかに若かった。

「すぐ見ますか。」

初対面の挨拶もそこそこに、階段を下り、展示場の下の大きな部屋に案内された。収蔵庫である。がらんとして、まわりが全部押入れになっているような部屋であった。

「あれです。」

部屋の中程に大きなパネルが立てかけてあった。畳四枚分はある。すぐ見られるよう準備してくれていたのである。パネルに装幀し直された歌麿の「月」は、１４７㎝×３１８・６㎝の大作であった。

その前に近づき、「月」と対面した。息をのんだ。広々とした海の見える座敷を、伸びやかな姿態の女人たちが行き来している。線が美しい。色がみずみずしい。つい今しがた描き上げたばかりのようである。宴の華やぎに誘い込まれそうになる。歌麿の肉筆浮世絵「月」が、これ程スケールが大きく、美しいものとは思わなかった。

しばらくして、傍らのヨネムラさんが静かに説明を始めた。「月」はフリーア美術館でも貴重なコレクションに属すること。色の剥落等、作品の破損を恐れて、通常展示はしていない。従って、この絵を見た人はほとんどいない。

「ここ数年では、あなただけです。」とも付け加えた。

フリーア美術館の収蔵品は全て門外不出である。だから外では見られない。館内でも「月」の展示の予定は、数年後に企画されている大浮世絵展の折だけになるだろうとのことであった。

「その節はお出で下さい。」

「出来れば、ぜひ。」

何度でも見たくなる作品であった。

1時間以上は、「月」の前に立っていたであろうか。1つの作品の前にこんなに長時間いたのは初めての経験である。さほどの鑑賞力の無い私を、この作品は強く引き付けて離さなかったのである。

陶酔から覚め、同僚の美術担当渡辺先生の栃木と歌麿に関する研究、4年前にここに来たときのこと等を話した。ヨネムラさんは「月」がフリーア美術館に来るまでの歴史に強い関心を寄せた。

フリーア美術館にある肉筆浮世絵「月」に関する記録は、全部コピーしておいてくれた。更に、「月」のレプリカを販売していることも教えてくれた。大判の複製で、実物より幾分くすんでいるが、よく作品の雰囲気を伝えている。ヨネムラさんも褒めていた。

「売店は駄目です。私がします。」

購入した複製をすぐ郵送できるよう梱包までしてくれた。

重ね重ねの親切に礼を述べ、フリーア美術館を辞した。

ワシントンのホテルの広間で、ブラウン大学スタッフを前にしての最後のプレゼンテーションで、ローリング・セミナーの研修成果として「月」との経緯を発表した。喝采を受けた。心からの謝辞を述べ、ブラウン大学スタッフとはここで別れた。

帰国後、渡辺先生に土産として「月」のレプリカを渡した。先生は言った。

「明治に海外に流出して以来、歌麿のこの作品を鑑賞したのは、あなたが栃木で最初の人です。実に、88年ぶりです。」


後日談になるが、次男が、サンフランシスコへホーム・ステイに行くことになった。一ヶ月の予定である。その期限が切れる頃、大学の先生をしている滞在先のご主人から電話があった。ニューヨークに行かせたらどうかと言ってきたのである。宿は紹介するという。心配だが、許可をした。

一ヶ月が過ぎた。今度はアメリカを回って来たいという。もちろん一人である。更に心配だが、これも許した。

この一ヶ月はアメリカのどこにいるのか分からない。これには閉口した。10日も経つと、どこどこの、銀行に金を振り込んでくれと電話が来た。心配ないものである。これで所在が掴めた。

バスや列車やレンタカー、それに飛行機を使い、あの広大なアメリカを一周し、帰国したのは、日本を出てから三ヵ月後であった。

土産を見て驚いた。次男もワシントンでフリーア美術館を訪れていた。そしてフリーア美術館のオフィシャル・ガイドを買ってきてくれたのである。その表紙は、なんと、あの喜多川歌麿作肉筆浮世絵「月」ではないか。これ程まで大切にされているのであった。嬉しさが込み上げた。

フリーア美術館の収蔵作品は、創始者の遺志により門外不出である。また「月」は損傷を恐れて、特別展以外は展示しないという。目にし難い貴重な作品である。その「月」がオフィシャル・ガイドの表紙を飾ったのである。これで、多くの人の目に触れられる。美術館の配慮であろう。

同時に、独り善がりであるが、「月」を見るため、2度も日本からフリーア美術館を訪れた日本人の気持ちを汲んでくれたのではなかろうかと、ほくそ笑んだ。

日米通算二百勝という大記録を樹立した野茂選手がメジャー・リーグに雄飛した年のことである。

参考文献

「研修報告書」（英語担当教員海外研修、ブラウン大学班）
「60年度英語担当教員海外研修」参加報告（文部省）
「61年度英語担当教員海外研修資料」（文部省）
「目で見る栃木市史」（栃木市史編纂委員会編集、１９７８（昭和53）年）

遥かなりアメリカ

一　ブラウン大学

「ブラウン大学といわれても、知っている人は少ないわよ。」と妻は言う。

ブラウン大学とは、米国で7番目に設立された東部の名門大学で、毎年受験倍率が12倍以上にもなり、最難関の大学の一つに数えられている。

「でも、日本では無名よね。」

「アイビールックなら聞いたことがあるだろう。」

かつて我が国の若者の間に、「アイビールック」と称して、紺ブレ、ボタンダウンのシャツに、細身のズボンが流行したことがあった。

「ずいぶん昔ね。たしか石津謙介さんが流行させたあれね。」

「そうそう。あれは、アイビーリーグの学生のファッションだったのさ。」

「なにそのアイビーリーグって?」

アイビーリーグは、米国東部の八大学で結んだグループのことで、いずれも学舎にアイビー(蔦)の絡まるほどの古い歴史を持つ名門大学の集まりである。

「日本でも、東京六大学というと特別な響きがあるだろう。アイビーリーグもそんなもんだよ。ブラウン大はその中の一つさ。」

日本でよく知られた大学では、ハーバード、コロンビア、プリンストン大学などが含まれている。

「ふーん。でもブラウン大学の名はあまり聞かないわ。」

コロンビア大学やハーバード大学は、ビジネス・スクール（ＭＢＡ課程）や法科大学院などを設けて、日本企業や日本政府と提携することによって日本でもよく知られるようになった。ブラウン大学は、これと対照的に、純粋な学問と研究の場を提供することを目標として、設立以来ビジネス・スクールやロースクールなどを設けることをひたすら拒否し続けている。ここが米国では高く評価されているのだが、逆に日本では知名度を低めているのである。

「あまり日本とは関係なさそうね。」

「そうでもない。福沢諭吉が、ジョン万次郎の勧めでブラウン大学にいって、西洋の高等教育について学んで、慶応義塾を開いたという話があるよ。」

「ほんと？」

「１９２１（大正10）年には、かつて千円札の顔であった野口英世が、『ドクター・オブ・サイエンス』の学位を44歳の時にここで授与されている。ＮＨＫ「クローズアップ現代」のキャスター、国谷裕子《くにやひろこ》さんもここの卒業生。」

「でもなぜブラウン大学なの？」

「文部省の海外研修で、私もそこにいたからさ。そこで見たり、聞いたり、感じたりしたことがあって、それを書き留めてみたいと思うのさ。」

「では、どうぞご随意に。」

二　御巣鷹山

「ブラウン大学に行ったのは、いつでしたっけ。」

「日航機が群馬県の御巣鷹山に墜落した年。昭和60年だよ。」

大学で研修中のことであった。研修も半ばの8月12日、日本で日航機が落ちたという。第一報は、ラジオで聞いた。死亡者が出たようだ。必死に聴いたが、細かい事情が分からない。テレビを見た。それでも分からない。

「それでどうしたの。」

「新聞だよ。大学図書館が、夜12時まで開館していて、世界中の新聞が読める。日本の新聞では、一日遅れで読売新聞が届くんだ。」

　翌日、大学図書館に行った。この日の新聞は、第一面の下半分が手書きであった。大きな文字で、日航機墜落とある。走り書きのような文字に事故の生々しさを感じた。乗客の名前も数名挙げられていた。坂本九さんの名もあった。

「それからどうしたの。」

夕食を終えると、連日図書館に行った。新聞に載った名前を食い入るように見た。日を追うごとに、亡くなった人の数が増えてゆくのである。辛かった。日本を離れていたせいもあり、一層切なかった。

「たしか、ブラウン大学班のサブ・リーダーだった？」

「そう。」

　新聞によると、遭難機の事故現場は、群馬県御巣鷹山で、死者は五百二十名にものぼった。その中に班員の縁者が含まれているかどうか、リーダー、サブ・リーダーは確認しなければならない。気持ちの重い仕事であった。幸い誰も居なかった。

　この年の渡米は文部省からで、「文部省主催、昭和六十年度英語海外研修」への参加であった。米国滞在は夏休みを挟んで約三ヶ月である。早速調査の結果を文部省に報告した。

「そういうのって、後を引く?」

「うん。暗い気持ちが滓《おり》のように残るんだ。これをトラウマって言うのだろうな。」

トラウマとは、元々はギリシャ語で外傷、とか負傷の意味である。今は、心的外傷の意味で使われることが多い。辞書では、「強烈で心に大きな痛手を与えるような体験、それが長期の不安状態を引き起こす原因となる」と説明している（ジーニアス英和大辞典）。

研修が終わって、大学からワシントンまでは、途中ニューヨーク、フィラデルフィアで宿泊し、移動はバスであった。だが、そこからミルウオーキーまで、そしてロスまで、更に日本までと飛行機に乗らなくてはならない。思っただけで気が重くなるのであった。

「それでどうしたの。」

ミルウオーキーへの出発の日、ワシントンの飛行場ではみな無口であった。機内から、ようやく五大湖が見え、何事も無くミルウオーキー空港に着陸した時は、小さく拍手し、無事を喜んだ。

「あのとき、胸の痞《つか》えが一つとれた思いがしたよ。」

ロスに無事着いた頃にはトラウマも随分薄らいだ。「ほんと。ほんと。」

毎年、8月12日には、事故現場であった御巣鷹山の様子が報道される。いつの頃からか、その画面に黙祷を捧げるのが習慣になった。妻も付き合ってくれている。

三　郵便局

「ブラウン大学の研修って、なんなの？」

当時、日本中で、役に立つ英語教育の議論が沸騰し、実用英語派が教養英語派を圧倒した。文部省も重い腰を上げ、海外での英語教員再教育を実施する運びとなったのである。私が参加したのは、文部省が海外研修を始めたばかりの頃であった。

「さすが文部省主催だけに、贅沢だったよ。例えば、ボストンがテーマのときは、講師がボストンからわざわざ来てね、話をしてくれた。」

「へえー。」

「現地研修もあって、ボストンまで行って、各自自由に史跡をめぐる。ボストン美術館、ハーバード大学にも行ったよ。」

「なんだか楽そうね。」

「そうでもないよ。行く前には、長い英文を読むし、帰ると、印象記を書く。グループで討議をして、結果を発表する。準備で大変だったよ。」

「よく聞く話だけど、日本人は、外国に行っても日本人同士かたまってしまうって、言うじゃない。そういうことはなかった？」

「うん、無くはなかったな。」

いつも二十五人の日本人の仲間がそばにいるので、困ったときは黙っていれば誰かが助け舟を出してくれる。必死にならなくとも済んでしまう。切羽詰った状況に陥ることはあまり無いのである。

「でも、現地にいると、いつもそういうわけにはいかない。こんなことが有ったよ。」

大学内の郵便局でのことである。当地で購入した書籍や不必要な衣類を日本に送るため船便を頼んだ。数十ドルであったので、百ドル紙幣で払い、釣りを貰って外に出た。するとすぐ、「郵便局員が呼んでるよ。」というのである。

戻ってみると、

「船便の送料を払え。」

「えっ？」

今払ったばかりである。

「これがその時の釣銭だ」と言ってポケットから出して見せた。だが払ってないと言う。

「間違いなく払った。」

「いや、払ってない。」

更に続けて言う。

「払ったのなら領収書を見せてくれ。」

「領収書は無い。」

「それでは、払ってないんだ。」と言う。

私は間違いなく払った。だが、生まれてこの方郵便局で領収書を貰ったことは無かった。だから、ここでも領収書を貰おうなどとは思わなかったのである。

郵便局員は私が領収書を貰い忘れたのを知っていたに違いない。領収書が無いのだから払えと言えばもう一度払うと思ったのであろう。そう考えると、私も後には引けない。もう一度払っては意地が立たない。

「それは大変ね。それでどうしたの?」

「払った、払わない。いたちごっこがしばらく続いたよ。」

その後、もう理屈ではない。

「私の目を見よ。嘘をつく目か。」と顔を窓口に突き出して言った。

「分かった。もういい。」やっと落着した。

ものの十分程であったかもしれない。

「真剣だったよ。現地でなければ積めない体験だね。」

このやりとりで領収書の大切さも悟った。

領収書は支払いをした唯一の物的証拠なのである。


最近はわが国でも、領収書を出さないところはない。ところが、窓口の近くにゴミ箱が用意してあり、すぐ捨てられるようになっていたりする。米国では考えられないことである。

「私も郵便局では、領収書貰《もら》ったことなどないわ。コンビニでは捨ててもらっちゃう。」

そう言う妻も、後で籤引《くじび》きに役立つ領収書は熱心に集めている。

私はといえば、いつの間にか、役にも立たないのに、郵便局でもコンビニでも領収書をきちんと貰うようになってしまった。

言葉を学ぶということは、その国の文化まで付いてきてしまう。

四　キャンパスツアー

キャンパスツアーとは、大学内の団体旅行のようなものである。最近日本でも実施している大学が増えている。

キャンパスツアーの最初の経験は、ブラウン大学であった。

「やっぱり、ガイドは学生さん？」

「そう。謎解き形式で案内していたよ。」

「どんな風に？」

「例えば、大学の正門はいつ開くでしょう？」

「毎日開いているのじゃないの。じゃなければ、入れない。」

米国の大学は、塀がなく、どこからが構内なのか、どこまでが街なのか分からないところが多い。自由にどこからでも入れるのである。

「ほんとね。私もすーっと入って、学生や教授と一緒に食事したことがあったわ。たしか、ニューヨークの大学だった。」

ブラウン大学は珍しく、正門があり、その部分には塀がある。そして門はいつも閉じられているのである。だが横からも後ろからも自由に入れた。

「ブラウン大学の正門が開くのはね、入学式と卒業式の二回だけ。入学式は迎え入れるために内側に、卒業式は送り出すために外側に、だそうだ。」

「へえー。面白いわね。そのほかは？」

この大学には、独立した建物の図書館が数棟ある。その中の一つの入り口の前に樫《かし》の大樹が聳えている。

「それはなぜですか、というのさ。」

建物の前に木があるのは珍しいことではない。それなのに何故と聞かれると、興味が湧く。

ブラウン大学は、他の米国有名大学同様私立である。私立は篤志家の寄付に仰ぐ部分がおおい。樫の木の図書館も、篤志家の寄付により設立され、運営されているという。

「その篤志家が言ったそうだ。『樫の木を枯らさぬ限り寄付は続ける』と。」

木を枯らさぬことが、寄付の条件である。日本ではあまり聞かない話である。

「わかった。樫の木は自然の象徴ね。自然を大切にしなさいと言いたかったのね。」

大学は篤志家の言葉を守った。この話は二百年近く語り継がれてきた。今またキャンパスツアーで学生たちが語り続けている。樫の木は大きく育ち、涼やかな木陰を学生たちに与えている。学生達はその恩恵を感得し、自然を守る大切さを育んでいるに違いない。

「いい話ね。」

五　日本人がアメリカ人

ブラウン大学の所在地は、独立十二州の一つロードアイランドの州都プロヴィデンスである。州都とはいえ、人口は足利市とあまり変わらない17万程で、海に面しているが華やかな港町というより、静かな地方都市という感じであった。この街に人の集まる下町が有る。そこで何度か道を訊かれた。

「映画館はどこですか？」

もちろん私には答えられない。

「日本人だと分からないのかしら。」と妻は訝《いぶか》る。

「分からないのだ。アメリカの街にいれば、誰でもアメリカ人なのだね。」

日本では外国人がすぐ分かる。だがアメリカは移民の国である。元々世界中から集まった人々で成り立っている多民族の国だ。だからアメリカには所謂「ガイジン」はいない。私が日本人から来たばかりだとは私にしか分からない。だから日本人である私がアメリカ人に道を訊かれてしまうのである。プロヴィデンスのような小都市でもよく起こるのである。

アメリカから日本に来た人が、

「ガイジン、ガイジン。」と言われて、じろじろ見られて困ったという話をよく聞く。日本では、外国から来た人は目立ってしまう。だから仕方ないとも言える。でも、見られた本人は嫌な気持ちで、慣れるのに大変だと言う。

アメリカでは、逆に、日本人がアメリカ人と間違われてしまうのである。

「どう思った?」

「妙な感じさ。でも、これがアメリカだね。」

首都ワシントンには、ホワイトハウスや議事堂がある。ワシントンやリンカーンを顕彰した記念の建物もある。国の威信を懸けたスミソニアンの美術館、博物館群がある。だから国中からおのぼりさんが集ってくる。

ここでも、道や乗り物を訊かれた。

「これに乗れば、アーリントン墓地に行けます?」

「ええ。」

そのくらいは、私でも知っている。アーリントン墓地は、無名戦士の墓のあるところだ。

ケネディー大統領もここに眠っている。

アメリカ人は陽気である。すぐ話が始まる。

「どこから来ました?」

「トチギ。」

「え、トチギ?　それ、なに州?」

「ニホン。」

「ニホンというは…」

「トウキョウのあるところ。」

「ああ、そう、ジャパンだね。私は南部から。ワシントンは初めてさ。」

多民族の国、アメリカでは明るく互いに声を掛け合うことが、国を構成するための根幹なのであろう。人が話しかけてくるときには、アメリカ人、外国人の区別は念頭に無い。アメリカにいれば、だれでもアメリカ人なのである。こういう気持ちは清々しい。

昨年春、すぐ卒寿に手の届く父と、アメリカ西海岸を旅行した。父は日頃鍛えているからと自信満々であったが、高齢である。団体旅行とはいえ、一人で父を連れて行くのは不安である。妻にも助力を求めた。

9・11のテロを経験したアメリカは、ブラウン大学に行った頃に比べると、雰囲気が全く違っていた。

顕著なのは空港であった。飛行機に積み込むスーツケースには鍵は掛けられない。手荷物、身体検査が一段と厳しい。上着、そして靴まで脱がされた。

父が、金属探知機に引っかかった。機器は探知するのだが、何が原因か分からない。十分以上案山子《かかし》のように立ちっぱなしである。見える所でやっているのだが、近づいて口を出すわけにはいかない。妻と二人見守るばかりであった。最後に判明したのはズボンの裾口を止めているホックであった。

この間の係官の厳しい顔付きは忘れられない。危険人物と決め付けて徹底的に調べ上げようとする態度であった。父は、無表情であったが、不快であったに違いない。

「もし、街中であんな目で、調べられたらどうなるかしらね。」

「あの目は、不快だね。不快が高じれば、暴力につながる。そして流血。血は更に血を流す。嫌だね。」

アメリカ中が不機嫌に思えた。

テロという試練に直面して、アメリカはどんな国へと変貌するのであろうか。底抜けに明るく、快活なアメリカ人には、もう会えないのだろうか。

六　三角旗

「角の空き地に桃太郎旗が立ったわよ。チラシにでていた建売住宅の売り出しね。」

「ミュンヘン、サッポロ、ミルウォーキー。」

「なによ、急に？ビールのコマーシャル？」

「ミルウォーキーだよ。」

「えっ。」

「ほら、ホームステイ先だよ。」

「それがどうしたの？」

「あそこは、桃太郎旗ではなく、三角旗だったよ。建売住宅の回りに、色鮮やかな小さな旗が一杯だった。さながら運動会だね。」

あのときの海外研修には、ブラウン大学での研修のほか、授業実習とホームステイが含まれていた。実習先が、ミルウォーキーであった。

「そこにも建売住宅があったの？」

「あったよ。」

「見に行った？」

「うん。」

日曜日の新聞や広告が分厚いのは、日本でも同様だが、アメリカは量が違う。新聞もチラシも一抱えはある。だから新聞入れまで取りに行くのは男の仕事である。朝食後、ゆっくり眺めるのが、楽しみの一つである。もちろん、本紙の読むほかに、売り出しなどをチェックするという実用的な意味もある。

その中に建売住宅の広告もある。日本なら３ＬＤＫなどの文字をみると、家の大きさの見当がつく。アメリカの広告にはその文字は無い。代わりに、バスルームの数が目に付く。「２バス・ルーム」とか、「３バス・ルーム」とか、「$2\frac{1}{2}$バス・ルーム」とか、「$3\frac{1}{2}$バス・ルーム」などと記してある。

「それで家の大きさが分かるの。」

「分からなかったよ。それに、$\frac{1}{2}$という分数だってチンプンカンプンだった。」

ホーム・ステイ先のご主人に尋ねてみた。

「論より証拠。見に行きましょう。」

こうして、三角旗で飾られた建売住宅販売現場を訪れた。

道々、日本の事情を話した。わが国では、同じ面積なら、少し値が張っても、駅の近くで、日当たりが良く、地形の良い所が好まれる等々、である。

到着した現地は、辺りに人家の無い高台で、日当たりが良く、風通しの良い一戸建ての二階家であった。

バスルームをよく見ると、トイレとバスタブ、とシャワーの付いたものと、シャワーとトイレだけでバスタブのないものとがあった。

「トイレ、バスタブ、シャワーと3つ揃ったバスルームを1、2と数えるのです。」

「それでは、トイレとシャワーだけで、バスタブは無いのが、$\frac{1}{2}$ですか。」

「その通り。だからこの家は、$2\frac{1}{2}$バス・ルームというわけです。」

「ところで、アメリカでの良い住まいの条件は何ですか？」

「日本では、駅の近くとか、日当たりの良さとか、地形とか言っていましたね。アメリカでは、第一は、隣に誰が住むかです。」

「何です、それ？」

「近所にどんな人が住むかです。近隣によって、不動産は高くもなり、安くもなるのです。」

ここまで話すと、妻も同じ質問をしてきた。

「何、それ?・アメリカは『人種の坩堝《るつぼ》』と言うじゃない。だれが隣に来ても同じでしょう。」

「人種の坩堝」とはアメリカを表現するのに用いられる言葉で、世界中の人種が集り、坩堝の中で混じりあい、溶け合って出来上がった国がアメリカだというのである。

「でも、全く新しい人種が出来るほどは混じり合わないようだよ。」

混血は在るにしろ、イタリア人はイタリア人同士、ドイツ人はドイツ人同士、イギリス人はイギリス人同士固まっているように見える。もちろん日本人、韓国人、中国人、スラブ人、黒人同士も同様である。顔付きも住むところも別々で、固有の文化は失うことも無い。人種は溶けて交じり合うことはないのである。

「だから、今はね、自分の国を『サラダボール』と呼んでいる。」

サラダは、人参は人参、トマトはトマト、キュウリはキュウリ、レタスはレタスと原型は留めているが、それをボール（器）に入れて、かき回し、ドレッシングをかけると、えも言えぬ美味となる。これがアメリカだというのである。

「それぞれの持ち味を認めるってことね。いい表現だわ。ドレッシングはもちろんアメリカン・ドリーム。」

「そのとおりなんだけど、貧富の差が絡んでくると問題だ。」

「地価にまで影響がでるのね。」


最後に行ったところは、一見したところでは、森のようであった。

「ここも住宅地ですよ。」

「どこに家があるのです。」

「ここは一区画が、最低二万坪です。」

「なに、二万坪に一軒ですか。」

「そう。経済力のある人だけが集るのです。」

これも近隣の整え方の一つだという。


ハリケーン「カトリーナ」で、大変被害を受けたところが、テレビで繰り返し放送された。

あれもアメリカである。

「自由と平等の国アメリカも、現実は厳しいのね。」

七　三度目のフリーア美術館

三度目の今回は21年振りになる。もうヨネムラさんは、居ないかもしれない。念のためフリーア美術館にファクスしてみた。

翌々日の早朝、丁寧な返事が来た。ヨネムラさんは在職していたのである。肩書きは主任学芸員であった。

「本当に幸運ですね。今、日本美術特別展開催中です『月』も展示されてます。ぜひお出で下さい。もう以前のように収蔵庫でお見せすることは不可能です。」とあった。

追記に、私が美術館を訪れる予定の日は、休暇でカリフォルニアの実家ですとも書かれていた。

「月」を見られる幸運には飛び上がる気持ちであり、また、お会いできないことには何にも増して残念ですと返信した。

「月」とまた逢える！

数日前は、異常熱波であったそうだが、この日は、日向に出なければ暑さは凌げた。木陰を吹き抜ける風は、涼やかである。自由行動には絶好であった。今日のお目当ては、フリーア美術館である。

ホテルから数分の所に、メトロの駅がある。ここで地下鉄に乗る。ワシントンの地下鉄は駅が深くて、広い。原水爆の防空壕にも使えるという。途中一ヶ所乗り換えて、スミソニアンの駅で降り外に出ると、フリーア美術館は目の前である。

正面玄関に、日本美術特別展のポスターが掲げられていた。この特別展のおかげで、門外不出で、館内でも通常展示されることのない「月」が見られるのである。しかも家族と一緒に。気分は高揚する。

特別展のポスターをバックに記念撮影のあと、館内に入り、玄関で案内を請うた。

「モトジマがニホンからきましたと、クリスティーナさんにお伝えください。」

実は、ヨネムラさんが在職中かどうか不明であったので、ファクスは美術館宛にした。それをヨネムラさんに転送してくれたのがクリスティーナさんである。ヨネムラさんは、残念ながら、この日休暇で実家のカルフォルニアである。

「アポはとってありますか?」

「いえ。」

クリスティーナさんは執務中であった。彼女の肩書きは、アート・ハンドリング・スペシャリスト。多忙なのであろう。

「でも、すぐ来るそうです。」

いつも感じることだが、この美術館の人たちは温かい。日本の美術館でこの種の温かさを感じたことは一度も無い。

フリーア美術館は、実業家フリーア氏の東洋美術コレクションの寄贈が基となっている。その功績で、氏の名が冠されている。十九ある展示室の中で最多の四室が日本美術に充てられている。数ある東洋美術のなかで日本美術は特別厚遇されていることが分かる。

待つ程もなく、クリスティーナさんが現れた。大柄な若い女性であった。話す声が柔らかい。

「お相手できる時間が短くて申し訳ありません。すぐ特別展に行きましょう。」

部屋に入ると、左手の壁全面に大幅の「月」が掲げられていた。喜多川歌麿の描く美しい衣装の女人たちの立ち動く姿は、月見の宴の準備の最中なのであろうか。その優雅な姿と、華やかな色彩が、展示室を驚くほど明るくしていた。背景の品川の海は、壁の奥にどこまでも広がっているように思えた。

「どうです。」

と、クリスティーナさんは胸を張った。

「正に主役ですね。」と答えた。

彼女には、ここで礼を述べ、土産のお香を渡して別れた。

その後、心ゆくまで鑑賞した。特別展は、江戸時代の屏風仕立ての肉筆画が主であった。歌麿のほか、俵屋宗達《たわらやそうたつ》、葛飾北斎《かつしかほくさい》、尾形光琳《おがたこうりん》などの名がずらりと並んでいる。日本にあればそれなりの処遇を受けるであろう大作ばかりであった。

妻は、栃木で生まれ、育った。息子は、生まれも育ちも、今の住まいも栃木である。遥々ワシントンで見た郷土生まれのこの作品「月」には、二人とも格別の感慨を持ってくれた。私はといえば、初回には消息を知り、二度目には、収蔵庫で対面し、三度目の今回は、特別展示の主役としての「月」の晴れ姿に触れた。逢えば逢うほど、この作品への思い入れは強くなるばかりであった。


帰国後、フリーア美術館のショップで購入した「月」のレプリカを額装した。

世の中には、他人にとっては取るに足りないつまらぬものでも、本人にとっては掛け替えのないものがある。

額装したレプリカは、玄関に掲げてある。誰かが、これは何ですかと聞いたら、待ってましたとばかりに、ひとくさり弁じ立てるつもりである。

あとがき

昨年の秋、思わぬ慶事に恵まれた。ところが、その後、気が抜けてしまい、運動する気も読書する気も無くなってしまった。テレビを見ていても、途中で居眠りしてしまう。昼寝をすれば、目覚めると、一瞬、夕方だか朝だか分からない始末なのである。

これではならない。

「どうしよう？そうだ、本を出そう。」

思い起こせば、私が新聞や文芸誌に向けて文を書き始めたのは公立高校を定年で退職した60歳の時からであった。

その当時、足利の「もとまち」は、繊維関係の小さな町工場が姿を消し、商店も減り、過疎化が急であった。その上、地域の中心の足利市立西小学校が廃校となった。住む人たちにとっては、理解も難しく、大変な気落ちだった。

そこで終戦直後の小学生の元気な姿を書いてみた。

夏の桑の実、秋の椎の実、メンコにビー玉、路地での三角ベース、渡良瀬川の水あびに鉱毒、運動会、学芸会の事などを書き、足利の日刊紙「両毛新聞」に送った。文章は掲載され、連載は二年間も続いた。「もとまち」の長老が新聞を切り抜き、綴じて読んでくれているという話を耳にした。それではと2003（平成15）年、本にした。これが「もとまちものがたり」（石田書房）である。

のちに月刊文芸誌「足利文林」により「第20回足利文林賞」に選定された。

残念ながら「両毛新聞」も「足利文林」もコロナ禍で消滅してしまった。

今回の「もとまちものがたり　その後」を作ることは、老骨となった我が身の覚醒作業である。始めてみると米寿に近い身には本作りは容易い事ではなかった。だが、楽しみが苦しみを越えた。

Ⅰ章　懐かしき　では、恩師の事や同級生の事は、原稿の整理の段階で涙が滲んだ。今回は女性同級生も加わった。やはり華やぐ。

Ⅱ章　言葉・言葉・言葉　では、同級生の姉上からローズ女史の事をお聞きした。身近に、これほど日本に貢献してくれた方がいたのである。

Ⅲ章　新世界　では、「月」探索の折の、フリーア美術館学芸員アン・ヨネムラさんの重ね重ねの親切には感動した。最後に、いまは亡き妻との対話もできた。

原稿の整理がすむと、歌人の伊澤勝彦氏に送った。「ここは上手い。本当にその通り。」と褒めてくれるのである。やはり嬉しかった。

この間、私の我儘をお許し下さった皆様には心から御礼申し上げます。特に本書の編集・制作に全面的にご尽力下された下野新聞社の嶋田一雄様にはいくら感謝を申し上げても十分とは言えません。

本当にありがとうございました。

2024（令和6）年10月　本島利夫

著者略歴

本島 利夫（もとじま・としお）

1937（昭和12）年　栃木県足利市に生まれる

埼玉県立不動岡高校を皮切りに、栃木県立足利女子高校（現足利高校）、栃木高校で英語教師として教鞭を執る。佐野女子高校（現佐野東高校）で教頭を、小山西高校、足利女子高校で校長を歴任。その後、佐野日本大学高校で教育相談室運営に当たる。

著書に「もとまちものがたり」（石田書房）、「もとまちものがたり」（文芸社文庫）がある。

もとまちものがたり その後
－私のなかの少年－

2024（令和6）年10月29日初版　第1刷発行

著　　者　本島 利夫
発　　行　下野新聞社
〒320-8686　栃木県宇都宮市昭和1-8-11
TEL.028-625-1135　FAX.028-625-9619
https://www.shimotsuke.co.jp/
装丁・印刷　晃南印刷株式会社

ISBN978-4-88286-878-1
Printed in Japan

寛文四年九月足利町全圖（原圖著者藏）

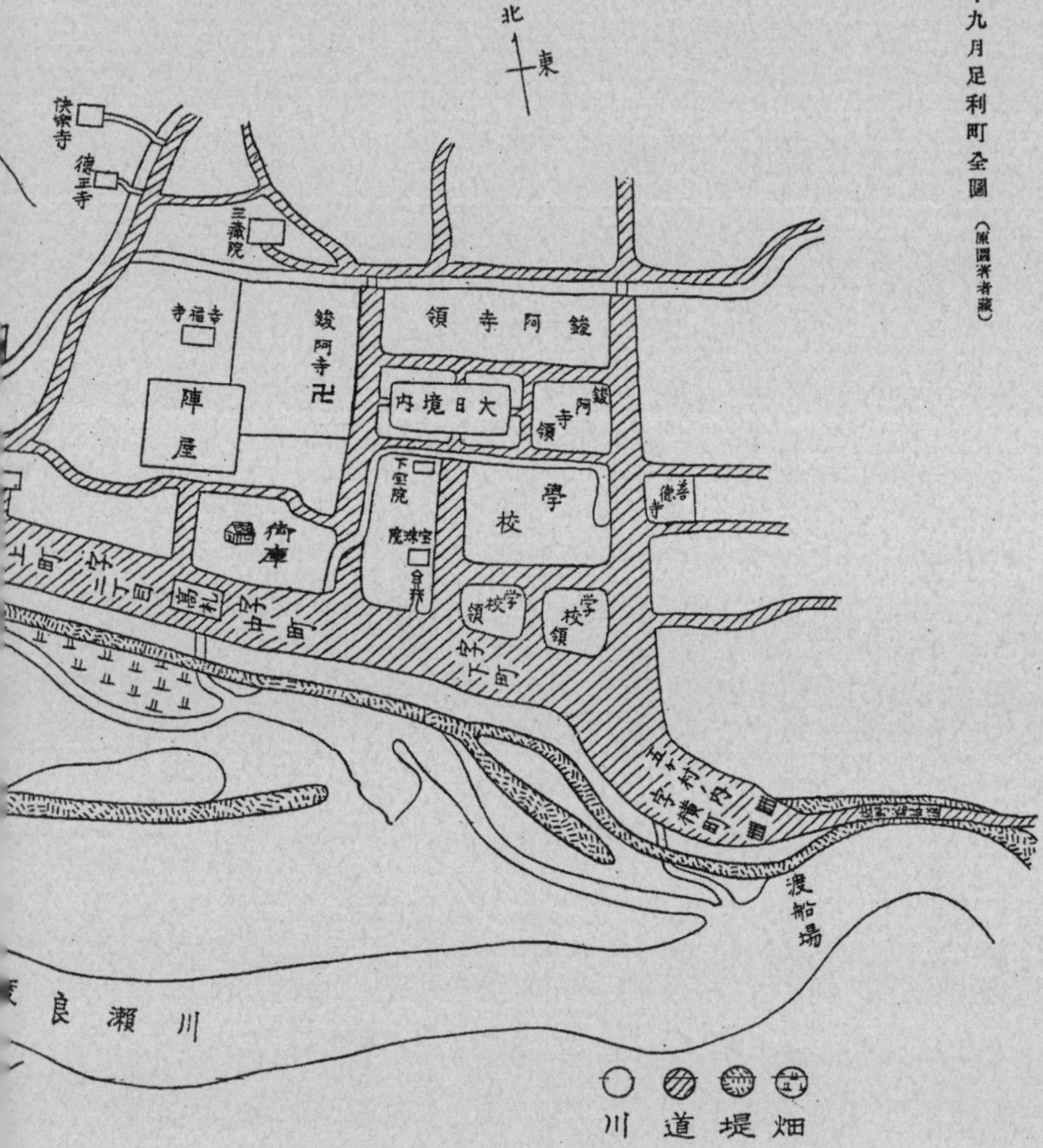